U0693917

禁色

きんじき

陈德文

译

[日]

三岛由纪夫 著

广西师范大学出版社
GUANGXI NORMAL UNIVERSITY PRESS

辽宁人民出版社

第一章 发端

康子已经习惯了，现在她来玩，碰到俊辅坐在庭院的藤椅上休息，甚至能若无其事地坐在他的膝盖上。这使俊辅很开心。

正好是夏天。整个上午，俊辅都谢绝客人来访。心情好的时候，这段时间就工作。要是没心思做事，就写信，或把藤椅搬到院子里树荫底下，躺着看书。要么就把读了一半的书覆盖在膝盖上，无所事事地消磨时光，或者摇铃叫女佣送茶来。假如因故夜间没有睡好觉，他就将毛毯从膝头盖到胸脯，眯瞪一会儿。岁数毕竟过了还历 [1] 又五个年头了，他已经没有什么可以称作有趣的事了。他也不特别奉行什么兴趣主义。

---

[1] 指 61 岁，天干地支自出生时起过 60 岁还原重新排序。

对于俊辅来说，什么样的事情有趣，无论是对他本人还是别人，客观上他都缺乏判断的标准。这种客观性认识的极端欠缺，以及与所有外界和内部完全不正常的扭曲关系，所有这些都给他老年的作品不断带来新鲜感和活力，同时又要求在作品中作出牺牲。就是说，人物性格的冲突产生的戏剧性事件、谐谑的描写、性格塑造本身的追求，还有环境和人物之间的矛盾等，这些小说的真正要素都要作出牺牲。因此，有两三位极为吝啬的批评家犯起踌躇，他们考虑眼下该不该理直气壮地称他为文豪。

藤椅上的毛毯长长地铺展着，康子坐在俊辅用毛毯包裹的大腿上。她很重。俊辅本打算说个笑话，挑逗挑逗她，可他还是沉默了。聒噪的蝉声加深了这种沉默。

俊辅的右膝时时感到剧烈的神经痛。发作之前，深处就有一种朦胧的隐痛。年老了膝盖骨变脆，岂能长久承受一个少女温热肉体的重量？然而，俊辅却忍受着渐渐加剧的疼痛，他的表情里浮现出一种狡黠的快感。

俊辅终于开口了：

"我的膝盖有点儿疼啊，康子。我要挪挪腿，你坐到那儿去吧。"

康子带着一副一本正经的眼神，迟疑地看了看俊辅，俊辅笑了。康子对他有些轻蔑。

老作家明白这种轻蔑的意思，他坐起来，从后头抱着康子的肩膀，用手托着女人的下巴颏，使她扬起头来，亲亲她的嘴唇。他例行公事般地草草应付完这一切之后，右膝感到剧烈的疼痛，他只好又躺下。当他抬眼环视四周的时候，康子已经消失了踪影。

其后一周之间，都没有康子的消息。俊辅散步时到康子家看了。知道她和两三个同学一起到伊豆半岛南端附近的一个海滨温泉地旅行去了。俊辅随手记下那家旅馆的名字，一回到家就忙着作旅行的准备。俊辅手头有一部被反复催促的书稿，这正好可以当作他突然要作一次盛夏单独旅行的借口。

为了躲过暑热，他订了早晨出发的火车票，可他麻布白色西服的背部，还是被汗水浸湿了。他喝了一口水壶里的热茶，将干瘦得像竹片一般纤细的手插进衣袋，掏出全集内容的校样，无聊地翻看着。这是前来送行的某大出版社职员才交给他的。

这次的《桧俊辅全集》是他第三次出全集。第一次出全集，是他四十五岁时候编纂的。

"那个时候的我，"俊辅思考起来，"已经瞧不起世界上那些堆积如山的作品，那些作品只是反映安定、完善，在某种意义上被认为是具有先见之明的所谓圆熟的化身，而自己一味陶醉于一种愚行之中。愚行没有任何意义。愚行和我的作品无缘。愚行和我的精神、我的思想之间也无缘。我的作品绝对不是一种愚行。因此，我自己的愚行里有着不借助于思想辩护的矜持。为了使思想变得纯粹，我从自己所实行的愚行中，排除了足以形成思想的精神的作用。当然，肉欲不是唯一的动机。我的愚行同精神和肉体格格不入，只是具有一种模糊的抽象性，这种抽象性威胁我的借口只能说是非人性的。而且现在依然如此。六十六岁的现在还是这样……"

他苦笑着，一边紧紧盯着印在书稿封面上的自己的肖像照片。

　　这是一帧丑陋的老人的照片。当然，要想找出社会上被人们称为"精神美"的那种可疑的所谓美点来，也并不困难。宽阔的前额、清癯而瘦削的面颊、显现着贪欲的大嘴唇、固执的下巴，所有的构件，从精神上看起来，都十分明显地带有长期劳动留下的痕迹。但是，这与其说是精神所构筑的面孔，毋宁说是被精神蛀蚀的面孔。这面孔有着精神的某种过剩，有着精神的某种过度暴露。就像公开说到耻部时的面孔的丑陋，俊辅的丑陋犹如失去隐藏耻部能力的精神衰落的裸体，有着一种忌讳直视的东西。

　　遭受现代知性享乐的毒害，人性的趣味被向往个性的趣味所置换，美的观念失去了普遍性。那些通过强盗般赤裸裸的暴行斩断伦理与美的媾和的英雄，不论如何说俊辅的风貌怎么漂亮，那也只能是他们的一厢情愿。

　　不管怎么说，封面上这位老丑的风貌印得十分亮丽惹眼，但封底上十几位知名人士写的各类广告词，同封面的照片形成了奇怪的对照。这些精神界的领袖人物，就像一群秃头鹦鹉，随时可以听命到任何场合去歌功颂德一番。他们异口同声赞扬俊辅的作品具有一种无可名状的不安的美。例如，某知名评论家，就是那位著名的桧氏文学研究家，他对这全部二十卷作品作了如下的概括：

"这众多的作品像骤雨一般浇灌我们灵魂，这是因真情而写就，因不虔诚而成书。桧氏坦白说：他自己如果没有不虔诚的才能，就会一边写作一边销毁，就不会有这些累累死尸曝露在众人面前。

"桧俊辅先生的作品描写不测、不安、不吉——不幸、不伦、不轨——等所有负数的美。以一个时代作为背景时，必定用其颓唐期；以一种恋爱作为素材时，其重点必置于失望和倦怠的姿态之上。总是以一种健康而旺盛的姿态被描写的，只能是像流行于热带城市的瘟疫一般的人们心里猖獗的孤独感。大凡人的强烈的憎恶、嫉妒、怨恨，以及热情的种种表象，似乎都与他无关。尽管如此，那热情的尸体所保有的一脉温馨，较之生活燃烧的时期，反而更能说明生命本质的价值。

"冷感之中有着敏锐的感觉的战栗，不伦之中有着濒于危殆的伦理感，冷感之中展现着豪迈的动摇。为了追溯这种反论的来龙去脉，其文体编织得何等巧妙！这种文体可以说是《新古今集》的风格，洛可可的风格。这是存在于语言真正意味中的'人工的'文体。既非思想的衣裳，也不是主题的假面，而是衣裳只是为了衣裳的文体。这其中具有同所谓裸体文体相对恃的因素，犹如帕特农神庙山墙上的命运女神像，又似帕奥纽斯所作的胜利女神像身上缠绵优美的衣服的襞褶。流动的襞褶，飞翔的襞褶！这不仅仅是迎合肉体的运动而从属之的流线的集合，而是自体流动、自体飞翔的襞褶……"

读着读着，俊辅的嘴角浮现了焦灼的微笑。他自言自语道：

"完全不明白。简直文不对题。这难道不是一份凭空捏造、辞章华丽的追悼文吗？打了二十年交道，简直是傻瓜一个！"

他转向二等车车窗外广阔的风景。海出现了。渔船扬帆驶向海面。仿佛意识到被众多的目光注视着一般，尚未十分鼓胀的白帆，坠挂在桅杆上，显现着忧戚的媚态。这时候，桅杆下面，霎然闪现一道炫目的亮光。火车倏忽擦过一排排夕阳辉映的红松林，钻进山洞。

"哦，那一瞬的闪光，兴许就是镜子的反射。"俊辅想象着，"渔船上说不定是位渔家女，她正在化妆吧？也许那手镜握在一个被太阳晒黑的勇敢的女子手里，像出卖她的秘密一样，时时对着过往列车上的乘客暗送秋波吧？"

这诗一般的联想，转移到渔家女的脸上。一看，那是康子的脸。这位老艺术家汗流津津的干瘦的身躯，不由得战栗起来。

……那女子不正是康子吗？

*

"大凡人的强烈的憎恶、嫉妒、怨恨，以及热情的种种表象，似乎都与他无关。"

胡说！胡说！胡说！

艺术家不得不伪装真情，和普通人不得不伪装真情，两者的目的可以说恰恰相反。艺术家为显示而伪装，普通人为隐蔽而伪装。

不屑于素朴而恬淡的告白，另一个结果是，桧俊辅受到了一帮主张社会科学和艺术相一致的人的诘难。但是，犹如轻喜剧中的舞女撩开裙裾闪露一下大腿一样，在作品最后也要表明一下"明朗的未来"，从而确定思想的存在。他对于这种愚蠢而虚假的做法，理所当然地不加理会。这是因为，俊辅对于生活和艺术的看法，本来就存在一种招致"思想不孕症"的因素。

我们称之为思想的这种东西，不是事前产生的，而是事后产生的。思想一般作为因偶然冲动而犯罪的人的辩护者身份出场。辩护人赋予其行为某种意义和理论，以必然替代偶然，以意志置换冲动。思想虽然不能给撞在电线杆上的盲人治伤，但至少有能力证明受伤的缘由不是因为盲目，而是因为电线杆子。每一个行为都跟着一个事后的理论，于是理论成为体系，而人——行为的主体却明显地变成了行为的可能性。他具有思想。他将纸屑扔到大街上。他是因思想而将纸屑扔到大街上的。这样一来，思想可以凭借自身的力量无限扩大范围，而思想持有者就成了思想牢笼里的囚犯。

俊辅将愚行和思想严格区分开来。其结果是，他的愚行就成了无法救赎的罪恶。作品中不断遭到排斥的愚行的亡灵，每日每夜都在威胁他。三次失败的婚姻，在作品里没有丝毫表现。青年时代以来，俊辅的生活就是一连串的挫折、误算和失败。

和憎恶无关？胡说！和嫉妒无关？胡说！

同他作品里飘荡的玲珑的情念相反，俊辅的生活就是不断的憎恶，不断的嫉妒。三次婚姻的挫折，以后十多次不像样子的恋爱结果……致使他对女人产生了无尽的憎恨和恼怒。然而，这位老作家从来都不把这种憎恶写到作品里去。可见，这是多么谦虚、多么傲慢的行为啊！

他作品中出现的许多女子，在读者眼里，男的不用说，即便是女人，也会感到出奇的清净。一位好事的比较文学研究家，曾经将这些女主人公和爱伦·坡笔下的超自然的女主人公加以比较。也就是和丽姬娅、贝蕾妮丝、莫蕾拉、阿芙罗狄蒂侯爵夫人等相对照。结果，她们毋宁说具有大理石一般的肉体。她们那种易于倦怠的恋情，犹如午后的阳光照射雕像投下的模糊的影子。俊辅害怕赋予自己作品中的女主人公以感性。

某位好心的评论家指斥俊辅是一个永远的女权主义者。这种说法实在太天真了。

第一任妻子是小偷，在两年无聊的婚后生活中，她巧妙地盗卖了一套冬装、三双鞋子、两件夹衫的呢料和一架蔡司照相机。她离家时把宝石缝进衬领和腰带中带走了。俊辅家本是名门望族。

第二任妻子是疯子，睡眠时老觉得丈夫要杀自己。她受这种强迫症的折磨，睡不着觉，精神越发不安。一天，俊辅打外面回来，闻到一股异味。妻子站在门口拦住丈夫，不让他进入室内。

"让我进去，怎么有一种怪味？"

"现在不行，我干了一件很有趣的事。"

"什么事？"

"你整天外出，想必有了情人。我把你的女人衣服剥下来，眼下正在焚烧呢。好开心哪！"

他推开她进去，看到波斯地毯上散落着一块块烧得通红的煤炭，正在冒烟。妻子再次走到火炉旁，带着一种十分沉静的态度，一手挽着袖口，用小铲子将燃着的煤炭铲到地毯上。俊辅慌忙制止她，妻子激烈地反抗，犹如一只被捕捉的猛禽，用尽力气拼死抵抗。她全身的筋肉都凝结到一起了。

第三任妻子倒是始终跟着他。这个淫荡的女子，使俊辅遍尝了作为一个丈夫的各种苦恼。他清清楚楚记得痛苦产生的那个最初的早晨。

办完那件事儿，俊辅当然还要继续工作，所以晚上九点暂时同妻子睡一会儿，然后将妻子留在卧室，自己到楼上的书房，一直工作到凌晨三四点钟。这回就在书房的小床上躺一躺。他严格执行这个工作日程，从头一天晚上到翌日上午十点光景，俊辅和妻子都不碰面。

这是一个夏天的深夜，他为一种非同寻常的情意所动，想惊吓一下妻子的安睡，然而，对于工作的坚韧的毅力，制止了这种恶作剧的打算。那个早上，他为了惩罚自己，坚持工作到接近五点。他没有了睡意，心想，妻子肯定还在睡觉。于是他蹑手蹑脚下了楼，打开卧室的门一看，妻子不见了。

这一刹那的时间，俊辅自然感到发生了某种事。这多半是他反省的结果。俊辅想，自己之所以执拗地坚守那个日程，不过是预想到要出事，因而感到害怕的缘故。

然而这种怀疑立即得到纠正。妻子也许像平时一样，内衣外面披着黑天鹅绒斗篷，在厕所里。他等着。妻子还是没有回来。

坐立不安的俊辅，顺着走廊走向楼下的厕所。这时，透过厨房的窗户，他发现妻子披着黑斗篷，胳膊肘儿支撑在饭桌上。天色未明。那朦胧的黑影看不清是坐在椅子上，还是跪在地面上。俊辅躲在走廊厚厚的丝绸幔子后头，窥探着。

这时候，距离厨房门十来米远的后门口，吱呀响了一声。紧接着传来低低的口哨声。此刻正是送牛奶的时分。

各处院子里孤独的狗叫起来了。送奶员穿着运动鞋。后门到厨房的石板地面，被昨晚的雨打湿了。他们因劳动而发热的身体，蓝色的短袖衫里露出的膀子，蹭着湿漉漉的八角金盘的叶子，脚底感受着路石的寒冷，急匆匆到了来了吧？他们那清亮的口哨声，来自一张张年轻的嘴唇沐浴着的清晨爽洁的空气。

妻子站起身，敞开厨房的门。早晨的微暗之中站立着一个黯淡的人影，可以朦胧地看到笑露着的雪白牙齿以及蓝色的短袖衫。晨风吹进来，轻轻摇动着帷幔下边沉重的穗子。

"辛苦啦。"

妻子说着，接过两瓶牛奶。瓶子碰到一起的声音，白金戒指碰到玻璃的声音，轻轻回荡着。

"夫人，犒劳我一下吧。"

那青年用一副死乞白赖的语调，甜甜地说。

"今天不行。"妻子说。

"今天不行，那就明天白天，可以吗？"

"明天也不行。"

"哎呀，十天就这么一回，想必又有相好的了吧？"

"不要大声嚷嚷！"

"后天呢？"

"后天嘛，" ——妻子吐出"后天"这个词，就像将一只心爱的瓷器小心翼翼放在棚架上一样，十分难得地说，"后天下午倒是可以，丈夫要去参加一个座谈会呢。"

"五点来行吗？"

"五点可以。"

妻子打开一度关上的门，那青年没有回去，他漫不经心地用指头敲了两三下柱子。

"现在不行吗？"

"啰唆什么呀，丈夫在楼上呢。我讨厌不识相的人。"

"那么就亲一下嘴。"

"在这种地方哪行呢。要是给看到了，一切都完啦。"

"光是亲亲嘴嘛。"

"讨厌鬼！那就亲一下吧。"

青年反手关上门，站在厨房门口。妻子穿着室内的兔毛拖鞋，来到门口。

两人站住了，像玫瑰花和支撑棒相拥在一起。妻子披着黑天鹅绒的腰肢，时时像波浪似的起伏摆动。男人的手解开了斗篷。妻子摇头拒绝，两个人无言地争执着。先前是妻子背向这边，这回是青年背向这边。妻子敞开的斗篷面对着这个方向，斗篷里什么也没穿。青年跪在狭窄的厨房门口。

妻子伫立于黎明前的微暗之中，俊辅平生第一次看到了妻子洁白的裸体。那白皙的躯体，与其说伫立不动，毋宁说是漂浮不定。她用盲人般的动作摸索着跪在地上的青年的头发。

这时，妻子的目光忽明忽暗，一会儿睁开来，一会儿又眯缝着，她看到了些什么呢？是棚架上摆着的搪瓷锅？是冰箱？是碗橱？还是窗外晨光熹微中的树景？再不然就是挂在柱子上的日历？一天活动即将到来之前，这间厨房沉睡般带有几分亲切的静寂，在妻子眼里肯定不含有任何意义。然而这双眼睛里明明有什么东西，它来自帷幔的某处。而且它们仿佛意识到了它，但这双眼睛从未与俊辅的视线交会过一次。

"那是一双经过训练、决不肯向丈夫这边瞧一瞧的眼睛。"

俊辅想着想着，不由战栗起来。于是，他打消了本来要一头冲过去的想法，除了沉默，他再也不知道别的复仇的办法。

不久，那青年推开门出去了，院子里渐渐明亮起来。俊辅悄声上了二楼。

这位颇有绅士派头的作家，找到了唯一的排遣个人生活郁愤的办法，就是每天用法语写几页日记。（他虽然没有去过外国，但法语很熟练。于斯曼[1]的《大教堂》《在那儿》和《路上》三部曲，罗登巴赫[2]的《死寂的布鲁日》等，借助他的手，开始走进漂亮的日语中。）这日记如果在他死后能够公开，说不定会同他的作品本身争个高低。凡是作品里缺少的内容，都活跃于每页日记之中。要是把这些原原本本转移到作品里，那是和俊辅憎恶生活真实的态度相违背的。

1　于斯曼（1843—1907），法国作家。前期属自然主义，后期倾向象征主义。主要作品除三部曲外，还有《逆流》等。

2　罗登巴赫（1855—1898），比利时象征主义诗人、作家。

他确信，不论天赋的哪一部分才能，或者自我流露出来的才能，一概都是虚假的。尽管如此，他的作品之所以缺乏客观性，在于他顽固而主观地恪守着目前这样一种创作态度。他在憎恶生活真实之余，与此相对应的是他的作品——那种可以说由活生生的裸体所铸造的雕像般的作品。

俊辅一回到书房，就埋头记日记，含着痛苦记下晓暗之中男女幽会的情景。他的字迹十分潦草，也许尽量想使自己也不愿再读到这些。同堆满书橱的往昔十几年的日记一样，今年的日记也是每页都充满了对女人的诅咒。这类诅咒之所以不怎么高明，主要因为诅咒者是男人，而不是女人。

这种大部分是断片和箴言的手记，较之日记更加便于引用片断章节。下面是他青年时代一天的日记：

女人只会生孩子，其他什么也不会。男人除了生孩子之外，什么都会。创造、生殖和繁衍，全靠男子的能力。女人怀胎，只是生育的一部分。

这是亘古不变的真理。（俊辅不生孩子，一半出于这种主义。）

女人的嫉妒是对创造能力的嫉妒。女人生下男孩并加以养育，由此而品味对于男性创造能力的甘美的复仇般的喜悦。女人于妨碍创造之中尝到了生命的价值。豪奢和消费的欲望，就是破坏的欲望。女性的本能在一切方面占上风。初期资本主义是基于男性的原理，生产的原理。接着，女性的原理侵蚀了资本主义，资本主义蜕变为奢侈消费的原理。不久，由于这位海伦的缘故，战争开始了[1]。遥远的将来，也要被女性所灭亡。

女人生存于一切方面，夜一般君临各处。其习性之低劣，达到崇高的程度。女人将一切价值拖入了感性的泥沼。女人全然不了解主义为何物。她们只知道"某某主义的"，而不知道"某某主义"是什么东西。不仅主义。因为没有

1　根据希腊神话，特洛伊王子帕里斯迷恋海伦美色，与其私奔，引发特洛伊战争。

独创性，所以也不理解环境气氛。她们关心的仅仅是香气。她们像猪一般嗅着。香水是男人发明的，是出于对女人施行嗅觉教育的认识。由此，男人才免于被女人嗅到。

女人所具有的性的魅力、媚态的本能，以及一切性吸引的才能，是女人无用的证据。有用的东西不需要媚态。男人为女人所吸引，这是多大的损失啊！这是加给男人多大的精神性的侮辱啊！女人没有精神的东西，只有感性。所谓崇高的感性，是一种可笑的矛盾，相当于自力更生的绦虫。母性时时展现的惊人的崇高，实乃同精神没有任何系累，只不过是单纯的生物学现象，与所见之于动物母性的富于牺牲的爱情，没有任何质的差异。应该看作精神的特征的，只能是那些将人类和其他哺乳动物区分开来的质的差异。

质的差异！……由此推测，也许应当称作人类固有的虚构的能力。这种特征……俊辅夹在日记中的二十五岁时的肖像照片，其面部所含有的，也就是这种特征。虽丑也是年轻时俊辅容貌之丑，不论如何，这是人工的丑陋。这是日日努力相信自己丑陋的人的丑陋。

当年的部分日记缺少着意用法语记述的价值，随处可见一些荒唐无稽的乱涂乱画。一幅简单的女阴画，上面打着两三个好大的"×"字。他诅咒女阴。

并非因为没有女子愿意嫁给他，俊辅才不得已娶了小偷、疯子做老婆。世间总有"精神的"女人们寄意于这位有为的青年。然而，这些所谓"精神的女性"，是女妖而不是女人。背叛俊辅爱情的女人，只限于这样一些女子：她们对于他的唯一的长处亦即唯一的美——"精神性"根本不愿加以理解。而且，只有她们，才是真正的女人，货真价实的女人。俊辅曾爱过美女，他只爱那些满足于自己之美、不赞成需要精神性补充的梅萨利纳[1]。

俊辅心里浮现了三年前死去的第三任妻子美丽

1　古罗马皇帝克劳狄一世之妻。

的面容。五十岁的妻子和不到自己年龄一半的年轻的情人一起情死了。她殉死的原因俊辅很清楚，她害怕同俊辅一道度过丑陋的老年生活。

他们的遗体摊在犬吠岬上，怒涛把两人的尸体冲上了高高的悬崖。搬运工作极其困难。渔夫们腰里系着绳子，从波浪轰响、白雾翻卷的海岩上，一一传递下来。

将两具尸体分离开来，也不那么容易。两副肉体融解为一体，两人的皮肤如湿纸一般紧紧贴合成共同的皮肤。强行分离开的妻子的遗骸，按照俊辅的希望，在付诸火葬前运到了东京，举行了盛大的葬礼。仪式结束后，出棺时刻迫近了，灵柩停放在只许俊辅一人进入的房子里，年老的丈夫对着灵柩告别。膨胀得令人生畏的尸体，深深掩盖在百合和石竹花丛里，面部半边透明的发际，明显地排列着青黑的发根。俊辅毫不畏惧地仔细瞧着这张极度丑恶的脸。于是，他感觉到了这张脸的恶意。今天，她已经不会再让丈夫感到痛苦，因为这张脸已不需要漂亮，而变得丑陋起来了。

他把珍藏的河内若女能面[1]盖在死者的脸上。他的动作像用力扣上去的，所以死者的脸犹如熟透胀裂的水果，被面具压碎了。——俊辅的这个行动谁也没注意，不到一小时，尸体就被烈火包围，烧得无影无踪了。

俊辅是在悲愤和憎恶等各种回忆之中度过这次丧期的。带给他最初痛苦的是那年夏季的一个早晨，他一想起那黎明前的微暗，脑子里就泛起新鲜的痛苦。那时候，他想，妻子还会在家里继续生活下去，那些十恶不赦的情敌，他们可鄙的青春，他们可憎的美貌……俊辅嫉妒之余，抡起拐杖对一个青年一阵猛打，随后妻子就要和他谈判离婚。他向妻子道歉，又给那位青年定做了一套西装。那青年后来战死在华北的时候，俊辅欣喜若狂，记下永远使他高兴的日记。然后，他着魔般地独自到街上去。大街上挤满出征的军人和送别的家属，热闹非常。一个俊美的未婚妻为她的士兵丈夫送行，大伙儿围住他，俊辅也挤进人群，喜滋

1　日本古典戏剧"能乐"中旦角戴的假面具。

滋地挥动纸做的国旗。正巧在这当儿，被摄影记者发现拍了下来，报纸上刊登了俊辅挥舞旗子的大照片。谁会知道，这位莫名其妙的作家挥动旗子，正是为走向战场的这个小伙子祝福，祝福他奔向那个可恶的青年活该被杀的土地，祝福眼下这个前去送死的士兵。

*

从 I 车站到康子所在的海岸，在公共汽车一个半小时的行程里，桧俊辅胡乱地回忆着这些痛苦的往事。

"后来，战争结束了。"他想着，"战后第二年初秋，妻子惝死了。各大报出于礼节，都说是心脏病，只有极少数朋友知道这个秘密。

"丧期过后，我很快恋上某一位原伯爵的夫人。生来谈了十多次恋爱，看来这次很有希望成功。没想到她丈夫突然出现，敲竹杠敲去三万日元。原伯爵的副业就是专设美人计。"

汽车颠簸得很厉害，他勉强笑了。美人计故事颇为滑稽。而且，这段可笑的记忆，使他猛然陷入不安之中。

"我真的不像年轻时那样强烈憎恨女人了吗？"

他想起了康子。自从今年五月在箱根结识以来，这个十九岁的女客，有事无事都要来看看俊辅。这使得老作家枯寂的心里激起了波澜。

五月中旬，俊辅在中强罗旅馆写作时，同住这家旅馆的一位少女，在女侍陪伴下来请他签名留念。此后，俊辅和这位带着他的著作的女孩子，在旅馆院子的一角经常碰面。一个美好的傍晚，俊辅出来散步，登上石阶，见到了康子。

"是你？"

"哎，我姓濑川，请多关照。"

康子穿着淡红色的童装，手脚修长，使人感到有些长得过分了。两腿的肌肉像河鱼一般绷得紧紧的，略显赭黄的白嫩的皮肤。这些都是从短裙下面窥视到的。俊辅猜测她大约十七八岁光景。从眉梢不时流露颇有几分老成的表情看来，似乎又像二十岁或二十一岁的样子。她脚穿木屐，清楚地裸露着洁净的足踵。

脚后跟显得又小巧，又坚实，犹如鸟爪一般。

"房间在哪里？"

"在最后头。"

"怪不得很难见到。一个人吗？"

"嗯，今天是一个人。"

她原来得了轻度肋膜炎，病后到这里疗养来了。令俊辅高兴的是，康子这位少女的水平只能把小说当作"故事书"阅读。那个照顾她的老保姆，因有事要回东京一两天。

他把她带到房间里，本应签上名后立即将书还给她，可俊辅叫她明日再来拿，于是，两人就坐在庭院前一张粗劣的凳子上，山南海北地闲聊起来。一个沉默寡言的老人和一个彬彬有礼的少女，共同的话题毕竟不多。俊辅问她家里几口人，病好了没有，少女大都报以无言的微笑。

谈着谈着，薄暮过早地包围了庭院。对面的明星岳和右边楢山柔和的山容，随着渐渐变暗，在观者的心里有一种咄咄逼人的力量。这一带山谷，浮沉着小田园的海面。黯淡的天空和狭窄的海景之间的分界线飘忽不定，严守规则、明灭有序的灯塔点缀其间，看起来犹如夜晚的星辰。侍女来招呼吃晚饭，两人这才离开。

第二天早晨，康子和老保姆带着从东京寄来的点心到俊辅屋里来，拿走已经签好名的两本书。老保姆只顾一个人说话，俊辅和康子只是保持着愉快的沉默。俊辅等康子回去后，突然心血来潮，散步了很久。他气喘吁吁急匆匆地快速登上山坡，随意溜达，也不感到累。他想："我也能这般闲逛了。"不一会儿，他走到草地的树荫里，一骨碌躺倒在地上，旁边的草丛里不时有大野鸡飞腾而起。俊辅十分惊愕，他的心中跃动着一种因疲劳过度而产生的既快活又兴奋的情绪。

很久没有这样兴奋过了，已经好多年了！俊辅想。

俊辅忘了"这种情绪"多半是凭借自己的力量捏造出来的，而为了营造"这种情绪"他才会特意进行如此不自然的痛苦散步。这种忘却也许是一个上了年纪的人有意而为之的罪孽。

*

通往康子那座城镇的公路，数度靠近海面。从悬崖上可以俯瞰夏季海上的火光。那不太明亮的火焰在水面上燃烧，大海泛着沉静的痛苦，那是一种被雕镂的贵金属般的痛苦。

离正午还有些时候，空荡荡的汽车里坐着两三个本地人，他们打开竹篓儿分菜，吃饭团。俊辅似乎一点儿也不感到饿。他一面想心事一面吃饭，结果，总是把刚刚吃过饭的事给忘了。他有时为无名的腹胀而惊讶。他的内脏和精神一样，早已远离他的日常生活了。

这里叫作 K 公园前站，距 K 町役所终点站还有两站路程。没有人在这里下车。这座大公园从山麓到海滨，面积约有十公顷，公路纵贯其间，宛若将公园分成以山为中心和以海为中心两个部分。俊辅发现风声喧闹的深树林里，有一片阒无人声的休闲游园地。他看到对面断断续续拖曳一条蓝线的海景，看到灼热的沙地上静静印着影子的几座秋千架。这座午前静谧的大公园，不知为何，使俊辅十分着迷。

汽车抵达这座混杂的小镇的一角。町役所里没有什么人，他从敞开的窗户看到空无一物的圆桌，闪着青漆的白光。旅馆几个侍者走来迎接，打招呼。俊辅把行李交接了，跟着他们慢悠悠登上神社旁的石阶。风从海上吹来，几乎感觉不到热。蝉声犹如一块发热的毛毯，劈头盖脸罩过来，使人心情郁闷。阶梯登了一半，俊辅摘下帽子小憩。脚下小海港里，停歇着绿色的小火轮，想起什么似的高鸣着汽笛，突然又消失了。于是，使得这座有着过于单纯曲线的沉静的海湾，立即充满抹不掉的忧愁，就像赶也赶不走的一群苍蝇，不断发出嗡嗡嘤嘤的声音。

"好景色呀。"

俊辅随口说着，他想转换一下心情。其实景色并不好。

"从旅馆里看还要好呢，先生。"

"是吗？"

这位老作家使人感到沉重的原因，在于他的怠惰影响着他的揶揄和讽刺的热情。要使他有一种轻松的态度看来很困难。

俊辅入住于旅馆顶层的一个房间，他向女侍提出了问题，而这个问题在路上几次想问都未能启齿（他担心会不会失态）。

"有个姓濑川的小姐来了吗？"

"哎，来了。"

老作家心情一下子乱了，他慢腾腾地接着问：

"是和朋友一起来的吗？"

"是的，四五天前就住进了菊之间。"

"如今在房间里吗？我是她父亲的朋友。"

"刚才到 K 公园去了。"

"和朋友一块儿吗？"

"是的，是和朋友一块儿。"

女侍没有说"和大家一起"，那么，朋友的人数，是男朋友还是女朋友等，由于不知道如何恬淡地问清楚，俊辅心中泛起了疑惑。这位朋友莫非是个男的？人数是一个吗？这种当然的疑惑，为什么过去未曾有过？愚行也要保持一定的秩序，在未达到最后阶段时，应该彻底抑制巧妙而必要的考察，一面继续实行下去，是这样的吗?

旅馆的殷勤接待不像是劝请,似乎近于强迫命令,一会儿叫入浴,一会儿叫吃中饭,这段时间,老作家一直不能静下心来。好容易单独待着的俊辅,兴奋得坐立不安。苦恼终于驱使他付诸行动。这件事说得好听些,谈不上是一个绅士的作为。他偷偷地潜入了菊之间。房间整理过了。俊辅打开里间的衣橱,看到了白色的男裤和白府绸衬衫。这些衣服和康子欧式的贴花白麻连衣裙并排挂在一起。他的目光转向梳妆台,发胶和发油摆在擦脸粉、口红和护肤霜旁边。俊辅离开屋子,回到自己房间,摇铃唤来女侍,叫她雇一辆汽车。他换西装时,车子来了,于是乘车到K公园去。

俊辅请司机稍等一等,走进依然闲静的公园的大门。一座用天然石新砌的圆拱门。这一带望不到海。一棵棵树木梢头覆盖着层层浓密的绿叶,经风一吹,发出阵阵响声,犹如远方喧骚的潮音。

老作家要去他们每天游泳的沙滩。他出了游园地,来到小动物园的一个角落。园中的野狸蜷着身子睡觉，背上鲜明地映着栏杆的影子。放养动物的栅栏里，两棵蓊郁的枫树，紧紧依偎在一起，一只黑兔蹲在两根树干的交接之处乘凉。沿着草木森森的石阶下去，穿过丛丛树林，可以看到宽阔的海面。风摇动着一望无垠的树梢，不久又吹到俊辅的额头上，仿佛看不见的小动物，从一棵树梢迅速跳到另一棵树梢。有时，一阵大风过后，又如无形的巨兽欢腾咆哮。头顶上，毫不退缩的日光朗朗照耀，肆无忌惮的蝉声如潮水奔涌。

通往沙滩要走哪条路好呢？

遥远的下方出现一片松林，深草丛里有一条石阶，看来是迂回通向那里的。俊辅沐浴着树荫下的太阳，忍着野草刺眼的反光，感到全身汗津津的。石阶弯弯，他来到悬崖下边走廊一般的沙滩一头。

然而，这里也没有一个人影。老作家累了，在一块石头上坐了下来。

引导他来这里的是愤怒。盛大的名声，宗教般的尊崇，繁忙的杂务，驳杂的交游……他被这些有毒的要素包围着过日子，他的生活一概不需要逃避。最

佳的逃避方法是尽量接触对方。桧俊辅在惊人的交友
范围里，犹如明星登台表演，不顾远近视点，全然凭
精湛的技术使数千名观众感到他就在自己身旁。一切
赞叹和嘲骂，都无损于这位名优。因为他不作任何吹
嘘……眼下，他为预测自己将受到伤害而战栗，唯有
在他渴望被伤害的时候，俊辅才需要一流的逃避。就
是说，他需要将那伤痕清晰地烙印在自己的身子上。

　　但是如今，这身边显得有些异样地晃荡不定的
广阔的海水，看来能够治愈俊辅。这大海每每从岩石
间狡黠地迅疾涌来，浸泡着他，流入他的身体，倏忽
将他内脏染成蓝色……又从他的体内退出来。

　　这时，蓝色的海水正中，出现一道水波，雪白
的浪头扬起细碎的飞沫。这道水波径直涌向这边海岸，
到达浅滩时，游泳的人蓦然站立于波浪之中。刹那之
间，他的身体又被飞沫抹消，又旋即安然地站在水里。
那人用强健的腿脚踢着海水走来。

　　这是一位令人惊愕的漂亮的青年，比起古希腊
时期的雕像，更像伯罗奔尼撒派青铜雕像家所作的阿
波罗。那温婉而柔美的肉体，高贵的脖颈，舒缓的双

肩，宽阔的胸脯，优雅圆活的手臂，俄而变得颀长、洁净而结实的胴体，还有那宝剑一般雄健而劲拔的双腿。这青年站在波浪涌动的水边，为了察看撞在岩石角上的左肘，稍稍屈着身子，右手和脸都朝向左臂这一边。于是，逃离开他脚边的水波猝然发亮，映出他那喜形于色的面容。俊敏的细眉，深含忧郁的眼睛，略显厚重、稍带几分羞赧的嘴唇，这些共同精心打造了那副稀有的容颜。还有那悬直的鼻梁，同那绷紧的面颊，使得这位青年的脸膛带着几分高贵，以及除了饥饿其他一无所知的纯洁的野性的印象。还有，那黯然而毫无感触的眼神、洁白而强劲的牙齿、漫然摇摆的忧郁的双腕、跃动的身段等，相辅相成，更加显现了这个年轻俊美的狼的习性。是的，这副面相正是狼具有的美貌！

然而，他的肩膀优美圆润，他的胸脯袒露无垢，他的嘴唇鲜红艳丽……这些部分，都含蕴着一种不可思议的难以形容的甘美情调。沃尔特·佩特[1] 论及

1　沃尔特·佩特（1839-1894），英国诗人、批评家，著有《文艺复兴》
　　等。

十三世纪出现的美丽的故事《埃米斯和阿米莱》所说的"文艺复兴时代早期的甘美"，以一种后世难以想象的强大和神秘的气势，预示着未来强劲的发展。那种所谓"早期的甘美"，似乎在这位青年肉体微妙的曲线内散射着芳香。

……桧俊辅一概憎恶世界上俊美的青年，但是美强使他沉默。首先，他有将美和幸福忽而结合在一起考虑的恶癖，因而，使他的憎恶保持沉默的，或许不是这位青年无所挑剔的美，而是这位青年可能具有的完美无缺的幸福。

青年向俊辅这边瞥了一眼，带着一副毫不介意的神情躲进岩石阴里。不久出来了，已经换上了白衬衫和素朴的蓝哔叽裤子。他吹着口哨登上俊辅刚才经过的石阶。俊辅也跟着他上了那段石阶。青年回头又看了看这位老作家。也许夏天的阳光正面照射下来使睫毛留下了阴影，那双眸子显得十分黯淡。俊辅大为惊讶，想起刚才那个裸体的靓丽的青年，至少在他眼里，早已消失了幸福的影子。

青年拐进一条小路，小路转眼间隐藏了尽头。

这位疲惫的老作家走到小路入口，他再也没有力气走进去追寻那青年的踪影了。然而，从小路里面的草地上，传来了那位青年快活的声音。

"还在睡呀，真没办法。你睡着的时候，我到海里游了一大圈儿。快起来吧，该回去了。"

俊辅就在眼前，意外地发现一位少女从树荫下站起来，高举着纤纤素手伸了个懒腰。她身穿一件蓝色的孩子式西服，背后散开两三个纽扣，他看到那青年正在帮她扣好。少女随意躺在草地上睡午觉，裙裾上沾满了花粉和灰土，她掉过头来伸手掸了掸身后，俊辅发现她就是康子。

俊辅泄气地坐在石阶上，掏出香烟吸起来。赞美、嫉妒、失败等情绪异样地搅混在一起，那种滋味对于一个惯于吃醋的老手来说，已经不稀奇了。可是在这个时候，比起康子，俊辅的一颗心始终黏着在那位举世罕见的漂亮青年身上。

完美的青年，完全的外表美的具体显现，一直为这位貌丑作家的青年时代所梦萦。这个梦不仅在人前被掩盖，还遭到他本人的叱骂。精神的青春、精神性的青年时代：这样的概念是使青年逐渐丧失"青年味儿"的毒素。俊辅的青年时代是在想成为一个真正的青年这一强烈愿望下度过的。这是多么愚痴啊。因为青年时代人们虽然为种种愿望和绝望所苦恼，但他并不认为这种痛苦只是青年特有的苦恼。可是，俊辅的青年时代始终在考虑这个问题。他不允许自己的观念、思想以及所有"文学上的青春"之中，保持任何一种持久的、普遍的、一般的、不快而暧昧的所谓浪漫主义的永恒性。另一方面，他的愚行又是他毫无意义的一时的试验。这时候，他心中的唯一希冀是能获得一种幸福，这种幸福能给他力量，使他将自己的痛苦看成是完美无缺的正当的痛苦。同时，也能把自己的喜悦当作真正的喜悦。这就是人生必备的能力。

"这回，就这一回我也可以安心地败退了。"俊辅想，"这位青年如此完美无缺，他是美的主宰，人生的宠儿。他绝不受艺术等毒素的感染，是个天生爱女人并为女人所爱的男子。这样一来，可以安然撒手了。还是我主动退让吧。自己和美奋战了一辈子，最后能同美实现和解，握手言欢，倒也未尝不可。说不定上天就是为了这个，才将他们二人送到我的面前的吧。"

这对恋人顺着不能并肩而行的小路一前一后相互依偎着走过来了。首先注意到俊辅的是康子。老作家和康子对望了一下。他的眼里含着痛苦，可口角边带着笑意。康子面色苍白，眼睛俯视着。她低着头问道：

"是来写作的吗？"

"是的，从今天开始。"

青年怪讶地瞧着俊辅。康子介绍说：

"这是我朋友，阿悠。"

"我姓南，叫悠一。"

听到俊辅的名字，那青年并不感到惊奇。

"这之前，从康子那里总该听说过我吧。"俊辅想，"那么，不该那样惊讶。我的全集出版了三次都没瞧上一眼，所以不知道我的名字，这反倒使我更高兴……"

三个人一边沿着静谧的公园里的石阶攀登，一边就这座观光地极其荒寒的景象，漫无目的地谈着话。

俊辅十分宽容，他虽说不能装出一副毫不在乎的老好人的豁达的形象，但心情显得非常高兴。俊辅雇了一辆汽车，三人一起乘车回旅馆。

晚饭大家在一起吃，这是悠一的提议。饭后各自回房间。不一会儿，悠一身穿长长的浴衣独自来到俊辅房间。

"可以进来吗？在写作吗？"

他在门外问道。

"请进。"

"阿康洗澡洗了好长时间，实在太闷了。"

他说着。他那黯淡的眼睛里，忧郁的神情比午前还浓。俊辅凭借作家的直感，觉得悠一有话对他说。

聊了一会儿闲话，青年露出焦急的样子，似乎想早一些倾吐出来。过一会儿，他说道：

"要在这里住一阵子吗？"

"有这个打算。"

"我可能乘坐今晚十点的轮船或明天早上的汽车回去。无论如何，我今天晚上要离开这地方。"

俊辅大吃一惊，问道：

"康子小姐怎么办？"

"我就是来商量这个的。您能照看一下阿康吗？我真希望先生能和阿康结婚。"

"你完全想错了。"

"不，我今天晚上实在无法住下去了。"

"为什么？"

青年率真地带着冷冷的语气说道：

"我想先生是能理解我的，我不爱女人。懂吗？纵然我的身体可以爱女人，但我的感情只不过是精神上的。我生下来从未想过女人。面对女人，我没有任何欲望。可我还在欺骗自己，欺骗一个一无所知的女孩子。"

俊辅的眼睛闪动着复杂的神色。凭他的天性，他对这个问题没有感性上的共鸣。俊辅的天性，其倾向大体是正常的，因而他问道：

"那么你爱什么呢？"

"我吗？"——青年的面颊羞得通红，"我只爱男孩子。"

"你把这个问题……"俊辅说,"向康子说明了没有?"

"没有。"

"不能说明,不管有什么事,这个问题绝对不能说明。有些事可以让女人知道,有些事不能让女人知道。我对这个问题缺乏知识,但我属于主张不告诉女人更有利的那部分人。有个像康子这样喜欢你的少女,早晚是要结婚的,所以还是结婚为好。权且把结婚看成生活中的寻常小事吧。正因为是一桩小事,那就放心地高呼万岁好啦。"

俊辅一下子恶魔般地变得兴高采烈起来。毕竟是一位出过三次全集的艺术家,接着他用一副惮于时世的口气,盯住青年的脸孔悄悄问道:

"这么说,你们三个晚上什么事情也没发生吗?"

"嗯。"

"这很好。女人这东西,就是要这样教育教育她。"——俊辅朗声笑起来,朋友中从未有人看见他这样大笑过,"根据我长期的经验,女人绝不可使她快乐。快乐是男人悲剧性的发明，这样做很好。"

俊辅的眼睛里浮现一种恍惚的慈爱的神色。

"你们一定可以照我想象的那样，过上理想的夫妻生活。"他又加了一句，但没有说"幸福的"这个词。然而，这种结婚可以给女人带来最彻底的不幸。每想到这一点，他就觉得太好了。这样，他就能借助悠一的力量，将一百个清纯的女子送到尼姑庵里。于是，这位老作家有生以来第一次发现来自自身本质的热情。

第二章　镜中的契约

"我做不到。"悠一绝望地说，那圆圆的眼睛里闪着泪光。要是听从这样的忠告，谁还敢觍着面皮向俊辅这种素昧平生之人倾诉衷肠呢？俊辅一番结婚的规劝对他来说是很残酷的事。

倾诉之后虽说感到后悔，但至今一心想一吐为快的狂热的冲动就不用说了。三个夜晚什么事也没发生的痛苦，使得悠一大肆爆发。康子绝不挑动他，一旦受到挑动，他会对她说明白的，可是在焦躁不安的黑暗之中，在经风时时拂动的鹅黄色的蚊帐里，一位少女眼睛直盯着天棚，屏着呼吸躺在自己的身边。看到她的睡姿，悠一苦恼极了，他从未尝过这种撕心裂肺般的痛苦。可怖的疲劳使得他们两个陷入困倦，他们担心，假若继续这般痛苦地醒着，那么只要活着就再也不能入睡了。

敞开的窗户，布满星星的天空，轮船微弱的汽笛声……康子和悠一，久久地睁着眼，连身子也不翻一下。不说话，不动弹。他们觉得，只要交谈一下，哪怕动一动身子，就会招来不测的事态。两个人都保持同一行为、同一状态，总之都是在勉强等待着一种东西。不过，康子是带着一种千百倍强烈的羞耻心在等待，而悠一却感到耻辱，他希冀着死。对于悠一来说，这个横卧身旁、汗津津、瞪着黝黑的眼眸、双手搭在胸间、一动不动的少女，就是死。

假如她稍稍靠过来，那就是死。他被康子死乞白赖邀到这里来，因而对自己十分憎恶。

他不止一次想，现在就能死。马上起来，沿着那段石阶跑到临海的悬崖上就成。

一想到死，在这一刹那他感到一切都变成可能的了。他沉醉于可能之中。这样可以带来快活。他不住故意打哈欠，大声喊着"困死啦"，借此背对着康子假装睡着了。不一会儿，他听到康子娇滴滴地小声咳嗽，知道她没有睡着。于是，他鼓起勇气问道：

"睡不着吗？"

"不。"康子流水般地低声回答。他们两个互相假装入睡以欺瞒对方，结果各自都受到蒙骗而堕入困倦。他做了一个幸福的梦，梦见神允许天使将他杀掉。他哭了，哭声和眼泪都没有泄漏到现实世界。因而，悠一感到自己依然残留着浓重的虚荣心，他放心了。

虽然思春期过了七年了，但悠一十分憎恶肉欲。他保持纯洁的身子。他热衷数学和体育、几何学和微积分，还有跳高和游泳。这种希腊风的选择，并非有意识的选择，然而数学在某种程度上使他头脑透明，比赛在某种程度上使他精力抽象化。可是，在体育部的屋子里，当他看到一个低年级同学脱下汗湿的衬衫时，他为那位同学浑身飘溢的青春的肉香所迷醉。悠一再次跑出门外，来到薄暮冥冥的操场，趴在草坪上，把脸孔埋在坚硬的夏草里。这是为了等待情欲自行静止。棒球部成员正在训练，那用干燥的球棒击球的响声，回荡在黄昏黯淡的天空，又传到操场的每个角落。悠一觉得有什么东西落到自己裸露的肩头，那是浴巾，雪白的粗棉线，刺一般火辣辣扎着他的肌肤。

"怎么啦？要着凉的。"

悠一抬起头一看，正是刚才那位低年级同学，俯首站在一旁。他已经穿好制服，帽檐下面的脸上，于黑暗中满含微笑。

悠一勉强地道了谢，站起身来。肩上披着浴巾，正要回屋里去。这时，他感到那位低年级同学的眼睛一直盯着他的肩头。可是他没有回头。根据纯洁的奇妙逻辑，悠一发觉那少年爱上了他。结果他暗下决心，不能爱上那位少年。

如果悠一他自己绝不会爱女人而又偏偏切望想爱女人，那么，悠一要是爱上这个少年，他尽管是男的，也会将他看作女人，使之变异成为一个难以形容的丑恶而麻木的存在，不是吗？

——悠一一连串的告白中，那种尚未转变为现实的童蒙的欲望，道出了腐蚀现实本身的消息。他总有一天会和现实邂逅的吧？在他和现实遭遇的场所，他的欲望既然抢先一步腐蚀着现实，那么现实只能改换姿态，按照欲望的命令采取相应的形式。他决不想和自己的欲望相会，然而却总是碰见自己的欲望。俊辅觉得，即使从那三个夜晚什么事儿也没干的痛苦的告白里，也能感知这位青年欲望的齿轮徒然旋转的声音。

然而，这不正是艺术的典型、艺术创造的现实的雏形吗？悠一为了使他的欲望变成他的现实，首先二者之中要死掉一个——他的欲望或者现实。他知道，虽然在这世界上二者几乎并存，然而艺术必须敢于触犯存在的法规，这是因为艺术本身需要存在下去。

惭愧的是，桧俊辅的全部作品，从一开始就放弃了对现实复仇的企图。所以，他的作品不是现实。他的欲望轻轻触及了现实，又令人厌恶地咬着嘴唇缩回到作品之中。他那一个接一个的愚行，只是在欲望与现实之间来来往往，努力起着一个虚假的信使的作用。那种无与伦比的华丽矫饰的文体，总体来说，不过是对现实的粉饰，不过是现实将其欲望腐蚀殆尽之后留下的奇拔的花纹。可以肆无忌惮地说，他的艺术，他三次出版的全集，一概都不存在。因为他从来没有触犯过存在的法规。

这位老作家已经失去从事创造的膂力。他倦于严密构思的工作，只是对过去的作品加以美的注释，这成为他目前唯一的工作。所以，当悠一这位青年出现在他眼前时，对于他是多么大的激刺啊！

悠一具备着这位老作家没有的青年人的全部资质，与此同时，又具有这位老作家一直梦寐以求的最高级幸福——不爱女人。假如具有这种矛盾的理想的形象，以有望青年的资格爱女人，那就不会有那一连串的不幸。在俊辅的一生中，他已经感到爱女人只能给自己带来不幸。那么弥补俊辅这一观念的存在，将他的青春梦想和老年悔恨交混在一起的存在，就是悠一。假如俊辅是个像悠一那样的青年，爱女人是多么幸福的事！再者，假如俊辅像悠一那样不爱女人，或者说，他可以不爱女人的话，他的一生该有多么幸福！——这样一来，悠一就成为俊辅的观念和他的艺术作品的化身了。

可以说，一切文体都是从形容词这部分开始老化的。就是说，形容词就是肉体，就是青春。俊辅甚至认为，悠一就是形容词本身。

这位老作家面带审判官般的微笑，双肘支在桌子上，身着浴衣，单腿着地，露着膝盖，听悠一的诉说。过后他毫无所动地反复说道：

"没关系，干脆结婚好了。"

"我怎么能和不喜欢的人结婚呢？"

"别犯傻啦，一个人即使是根木头，是台电冰箱，也要结婚的。结婚这玩意儿，本来就是人的发明嘛。这是人人都要做的工作，不需要什么欲望。至少在这个世纪，人已经忘记凭借欲望而行动了。权当把对方当成一堆碎木柴、一副坐垫，或者肉铺屋檐下吊着的一块干牛肉。你是一定能够煞有介事地大振雄风，讨得对方欢心的。可是要记住，正如刚才所说，使女人获得快乐，有百弊而无一利。重要的是，无论如何都不能在对方身上寻求什么精神。你自己也不能保留一点点儿精神的残渣。听到吗？只能将对方看成物质。这是我长年积累的痛苦经验，就像入浴时要摘掉手表一样，当你面对女人时，如果不摆脱精神的制约，那就立即会败下阵来，成不了事。正因为我做不到这些，所以我失掉了无数只手表，一生中都在为制造手表而忙忙碌碌。积攒了二十块生锈的手表，这回出了一套全集。你读过没有？"

"没有，还没读过。"——青年脸红了，"不过，先生说的话我有些明白。我一直在考虑，自己为什么从来都不想女人？每当我想到我对女人的精神之爱是一种欺骗的时候，我就倾向这样的想法：精神本身就是欺骗。现在我就在考虑，我为何同大家不一样？为什么我的朋友都不像我肉欲和精神相乖离呢？"

"大家都一样。凡是人都一样。"老作家提高了嗓门，"不过，不作如是想，这是青年的特权。"

"可是我就不一样。"

"没关系，我也想怀着你这种确信返老还童呢。"

狡黠的老人说道。

然而，悠一到底是悠一，对于他自身秘密的天性，他自身一直为那种丑事所折磨的素质，俊辅不仅很有兴趣，还十分憧憬，这使悠一感到困惑不解。可是，现在平生第一次将秘密公开出来了，等于是把全部秘密卖给了对方。于此，悠一感受到一种自我背叛的喜悦。犹如被可憎的主子驱使卖秧苗的人，偶尔碰到一位好心的顾客，把秧苗全部贱卖给他了，他也会感到叛徒般的喜悦。

悠一把他自己和康子的关系简要讲述了一遍。

他的父亲和康子的父亲是老朋友。大学时代，悠一的父亲选修了工科，作为培养技术员出身的重镇，受雇担任菊井财阀一个子公司的总经理，后来死了。这是昭和十九年夏天的事。康子的父亲毕业于经济系，在某百货公司工作，现在是那里的部门经理。根据两位父亲的约定，悠一二十二岁这年元旦，同康子订了婚。他的冷淡使康子感到绝望。她经常到俊辅这里来的那一阵子，也是她无法引他动心的时候。这年夏天，她好容易劝说悠一同她两个人单独到 K 町旅行。

康子觉得他另有意中人，时时为此烦恼。这是一个未婚妻常有的怀疑。不过悠一只是守着康子一人。

他目前在一所私立大学读书，同患慢性肾炎的母亲和女佣三人一道生活。生长在这个健全的没落家庭，他的一副恭谨的孝心，成为母亲的一块心病。在他母亲相识的亲友中，除了这位未婚妻之外，还有许多寄意于这位美青年的女子，但他一个也瞧不上眼。做母亲的只能认为，儿子是为照顾自己的病体或出于经济方面的考虑吧。

"我不想把你培养成一个老实巴交、毫无出息的孩子。"这位心胸坦率的母亲说，"要是你爸还活着，该是多么伤心啊！你爸从大学时代起就没日没夜地玩女人，上了年纪后变得老实多了，我也就省心啦。像你年轻时这么规规矩矩，等年龄大了，反而会使得康子小姐大吃苦头的呀！别看你长着一副老子遗传下来的眠花卧柳的面相，可真叫人想不通。我这个当妈的，总想早一天抱孙子，要是你不喜欢康子小姐，那就早点儿撕毁婚约，自己挑个中意的带来也好啊！和她结婚之前，你尽管挑，哪怕挑得眼花缭乱，只要不给我丢丑，十个二十个都行。只是妈妈这病，不知哪天一口气上不来，可就走人喽！所以么，还是尽早结婚为好啊！一个男子汉，堂堂正正的，做事要敢作敢为。不要担心没钱花，我哪怕瘦成一把老骨头，管饱肚子的钱总会有的。这个月，我供你双倍的钱，学校的书也不必再买啦！"

他用这笔钱学习舞蹈，技术出奇的好。然而，这种十分艺术化的舞蹈，和那种专为床戏作准备运动的庸俗低级的实用舞蹈相比较，可以说带有一种单调的过于机械化的动作，令人感到寂寥。悠一那种心情低落的动作，在观者眼里，使人觉得他的美貌的内里，隐含着不断受压抑的行动的潜能。他参加舞蹈比赛，获得了三等奖。

三等奖奖金两千日元。他母亲的银行存折上号称有七十万日元的存款。他到银行想为母亲存钱时，发现存折上的金额相差甚远。母亲查出尿里含有蛋白卧床休息之后，把存折交给行动懒散的老女佣代管。母亲每次问起存款总额，这位规规矩矩的女子，都要特意将存折的上段和下段用算盘汇总起来，然后报告母亲。就是说，换了新折以后，不论过多长时间，一直都是七十万日元。悠一一算，已经变成三十五万了。证券收入月月两万，但由于近来不景气，这个靠不住了。考虑到生活费和他的学费，以及母亲的医疗费和以备不时之需的住院费，就必须尽快把这幢宽敞的房子卖掉。

这个发现反倒使悠一喜出望外。他想，自己心里总是有一个结婚的义务压抑着，这样一来，要是搬到刚能住进三个人的窄小的房子，就可以避免结婚了。他主动担当财产管理。他把这件粗俗的工作，硬说成学校经济课程的实际运用。母亲看到儿子高兴地埋头于家庭开支账本里，心中感到伤悲。实际上，悠一这一举动，对于上述母亲坦率的怂恿来说，暗暗包含着一种强烈的对抗：哎，我干的这份工作，让您无话可说。一次，母亲无心地说道："一个做学生的，对家里柴米油盐这么感兴趣，实在有点儿变态。"悠一一听，气得脸都歪了。这句带有几分沮丧的话语，足以使儿子跳起来。她对这种反应反倒很满意。她不知道这话哪一点如此伤害了儿子。愤怒使悠一从日常极其单调的趣味里解放出来，他认为，对母亲寄托在儿子身上的浪漫主义空想，踏上一脚的时机到来了。因为他觉得，这空想对于他来说是毫无指望的幻想，母亲的希望也是对他的绝望的一种侮辱。他说：

"结什么婚？连这房子都得卖掉！"——儿子发现经济上的拮据情况，出于爱心，一直隐瞒到今天。

"别瞎说，不是还有七十万存款吗？"

"缺了三十五万。"

"算错了，还是你撒谎？"

肾脏病慢慢给她的理性掺进了"蛋白"。悠一这个颇感自豪的证言，反而驱使她热衷于这一可爱的阴谋了。本来双方约定，康子要有一笔陪嫁钱，悠一毕业后到康子父亲的百货公司就职。为此，一个急着要结婚，一个有点儿勉强，提出首先要维持这个家。同儿子媳妇一块儿住在这座房子里，这是母亲长年的愿望。心地善良的悠一看到这一点，反而陷入必须结婚的困境。于是，这一自恃的念头给了他力量。他一旦和康子结婚（勉强作出这样的假定，更加深了他的不幸之感），靠她的陪嫁钱拯救家计危机的企图，马上就会暴露。这样一来，结婚就显得不是出自真情，而是基于一种卑微的打算。这位纯洁的青年，是不容许自己有一点儿自私的想法的，他希望这桩婚事的实现完全出自孝道这一纯粹的动机。不过，对于爱来说，这就更是一种不纯的动机了。

"怎样做才能最符合你的希望呢？"老作家问，

"我们先来考虑一下吧。婚姻生活是没意思的。不过，我为你做保人。因此，你结婚完全不必顾虑什么责任或良心。为了患病的母亲，还是早些结婚为好。不过，至于这笔钱……"

"哦，我倒不是为了这个。"

"不过我听出来了。你害怕为陪嫁钱而结婚的原因是缺乏一种自信。你怕不能把这种卑俗外表掩盖下的爱情倾注给妻子。你总是巴望有一天能背叛这桩自己本不情愿的婚事。一般青年人总是相信，计划可以通过爱来补偿。一个精于算计的男人，总在某些方面依靠自己的纯粹行事。你的不安来自不明确依靠什么。陪嫁钱存起来，留作将来离婚的赡养费。这点儿钱不必在意。刚才说了，有四五十万足够维持家计，还可以把媳妇娶进门。说句不必见外的话，这笔钱包在我身上。只是不要告诉你家母亲好了。"

悠一面对的地方，有一个漆黑的镜框。浑圆的镜面也许被来往人的衣角扇动了一下，微微上扬着，正好映出悠一的面孔。悠一一边谈话，一边不时注视着自己的表情。

俊辅急急地继续往下说：

"你知道的，我可不是喝醉酒的财主，随随便便抛给一个过路人四五十万块。我之所以给你这些钱，理由很简单，有两个原因……"——他不好意思地犹豫了一下，"一，你是世上的一位漂亮青年。年轻时，我也曾想像你一样。二，你不爱女人。我现在也还想有女人。不过，生就这副样子，没办法。我受到你的启发，拜托了，请让我的青春再来一次吧。坦白地说，我想让你做我的儿子，为我复仇。你是独子，不能做养子，那么就做我精神上的（啊，这可是禁忌！）儿子吧。替我对那些堕入迷途的无数件愚行作一番吊慰吧。要是能这样，花多少钱我都愿意。本来也不是为老后的幸福才攒钱的。不过，为了我，你不能向任何人透露你的秘密。我叫你见哪个女人，你就去见哪个女人。要是碰到一眼看不中你的女子，我倒是想见识见识。对于女人，你没有任何欲望。有欲望的男人，他们的做派我会一一教给你的。我教你男人如何用冷酷使女人白白死去。怎么样？就照我的指示行动吧。也许你会问，假如被识破没有欲望，该怎么办？我有办法，交给我好啦。为了使你的秘密不被识破，我要运用一切手段。你今后万一没法找到安心于夫妻生活的路子，我会让你实地涉猎一些男人之间的情爱。虽说还未到这种地步，可我也要寻找机会。不过这件事，万不可向女流们泄漏。前台后台不能混在一起。我陪你到女人的世界串一串，那里是我一直扮演丑角、用香水和脂粉涂抹成的大布景的舞台，你扮演对于女人不曾动过一根指头的唐璜。过去的舞台，不管多么偏僻的剧场，演唐璜也不出现床上戏，你只管放心好啦。至于舞台背后的那一套，我正在学习研究来着。"

老艺术家几乎走到吐露真情的地步了。他讲述了一部尚未动笔的作品的写作计划。尽管如此，他还是掩盖了部分难以启齿的真情。这件突然心血来潮的五十万日元的慈善行动，正是给或许是他最后的一次恋爱——使这个不爱出门的老人大夏天跑到伊豆半岛南端来的恋爱、一次悲惨的愚行中可怜的失意的恋爱、第十多次愚痴的抒情式的恋爱——奉献的一份祭奠。他没想到爱上了康子。他尝到了犯下这个错误而受的屈辱。为了报复，他必须使康子成为一个爱上没有爱的丈夫的妻子。她和悠一这门婚事，是基于掳掠俊辅意志的一种凶暴的逻辑。他们必须结婚。尽管这样，这位不幸的作家，过了还历之年依然不能从内心里寻求一种控制自己意志的力量。为了根绝或许还要再犯的愚行而花的这笔钱，竟然当作为了美而舍弃的费用，还有比这更空虚的陶醉之情吗？这样一来，俊辅不就借结婚这件事间接地对康子犯下了罪行吗？同时，这桩罪行不也将使他品味自己心灵受到苛责而产生的快慰的苦痛吗？在过去的不幸之中，俊辅从来没有一次站在犯罪的一边。

这段时间，悠一从镜子里一直盯着自己，他被一个漂亮青年的面庞吸引住了。那双含着深深忧郁的眸子，从秀美的眉毛下边向他这边瞧着。

南悠一品味着这副美貌有何神秘。这副面孔如此充满青春的朝气，如此带有男性雕像般的深沉，如此具备青铜似的不幸的美质。这副青年人的脸，就是他的脸！过去，悠一对于意识到自己的美感到厌恶，对于那些可爱的少年不断拒绝的未来的美感到绝望。按照男性一般的习惯，悠一自行禁止认为自己美。然而，如今随着眼前一位老人热情的赞词流进他的耳朵，这种艺术的毒素，这种语言的有效的毒素，消解了长期的禁忌。他现在容许自己感觉到自己的美。这时候，悠一第一次发现自己如此漂亮。他看到小圆镜里出现一个他不认识的绝美青年的脸，那富于男性性感的嘴唇，显露着一排洁白的牙齿，不由得笑了。

悠一不理解俊辅那种发酵和复仇交混形成的复仇的热情。尽管如此，俊辅还是急着提出一个要求，逼着他回答。

"你怎么答复我？和我订约吗？愿意接受我的补助吗？"

"不知道。我现在有种预感，好像要发生我自己也弄不明白的事。"

这位漂亮青年梦幻似的说。

"现在不一定马上回答。如果有意接受我的提议，可以打电报通知我。我马上履行刚才的约定。婚礼上我来致祝贺辞。此外，只管按我的主意行事，好吗？我决不会给你惹麻烦的，还要送你一个美名——浪荡公子。"

"假如要结婚……"

"绝对需要我。"

老人满怀自信地答道。

"阿悠在这里吗？"

康子从格子门外头问道。

"请进。"

俊辅说。康子拉开门，同蓦然回头的悠一打了个照面。她看到一个年轻人脸上令人着迷的美好的微笑。她意识到这是悠一的微笑。一刹那，她发现这青年满含着光辉而动人的美。这是从来没有的事。她迷茫地眨巴一下眼睛。她也学着那些被感动的女人，不知不觉体验着一种"幸福的预感"。

康子在浴室里洗完发，她想悠一可能到俊辅房里聊天去了，不便到那里叫他。她倚着窗口晾头发。轮船进港了，这是傍晚自Ｏ岛出发，经由Ｋ町，明天微明到达月岛栈桥的班船。她一边梳头，一边眺望水面上灯火闪耀的进港的轮船。Ｋ町缺乏弦歌之声。因此，轮船一进港，甲板上的扩音器就清晰地响起流行歌的音乐，在夏天的夜空中回荡。栈桥上聚满了旅馆导游的灯笼。不一会儿，轮船靠岸作业尖利的哨音，划破夜气，如不安的鸟鸣传入她的耳鼓。

康子感到洗过的头发迅速变得干爽、清凉起来。粘在太阳穴附近的几根头发，摸上去像草叶一样冰冷，仿佛不是自己的头发。她害怕用手摸自己的头发，这逐渐干燥的头发，其手感里包含着爽净的死。

"阿悠在为什么而苦恼呢？我不明白。"康子想，"如果这苦恼一旦说出来就应该死，那就一道去死也没有什么。自己特意把阿悠叫到这里来，很明显，心里早有这个打算。"

好大一阵子，她一面梳理头发，一面反复思虑着。突然，她被一种不祥的念头所困扰：悠一眼下不在俊辅房里，而是在她所不知道的地方。康子站起身，快步跑到走廊上。她一边叫一边拉开格子门，正好碰见那美好的微笑。她自然产生了幸福的预感。

"正在谈话吗？"

康子问。那微微倾斜着脑袋的媚态，老作家一看就觉得明显不是冲着自己，他转过头去。他想象康子七十岁了。

房子里飘荡着不自然的空气。这时，就像人们常做的那样，悠一看看表，快到九点了。

这时，壁龛桌子上的电话响了。三个人像刀刺一般一起转向电话看着。谁也不接。

俊辅拿起听筒。他马上向悠一递眼色。原来是东京家里给悠一打来了长途电话，他要到柜台去接。悠一出了房间，康子害怕只剩下她和俊辅两个，也跟着去了。

过一会儿，两人回来了。悠一的眼里失去了沉静，没等人问就急急地说道：

"母亲似乎患有肾萎缩，心脏很弱，一味感到口干。不管住院不住院，先叫我马上回去。"——他很激动，报告了平时不大提起过的事。

"而且整天念叨，说总得看到悠一娶过媳妇再死呀。病人简直像个小孩。"

他说着，越来越感到自己应该结婚。这一点俊辅也看出来了。俊辅的眼睛里暗暗泛起喜悦的神色。

"总之，我得马上回去。"

"现在还能赶上十点的班船，我也一起回去。"

康子说罢，跑回屋子收拾行李。她的脚步带着欢乐。

"母爱浩大无比。"因为丑陋一直未能尝到亲生母亲之爱的俊辅想道，"她不是能凭自己肾脏的力量拯救儿子于危机吗？这样一来，悠一不也就能实现今夜赶回去的愿望了吗？"

在他考虑这些问题之前，悠一也陷入沉思之中。一瞥见那低俯的细细的眉毛，以及冷峻的流线型的眼睫，俊辅感到轻轻的战栗。"今夜是个奇特的晚上。"老作家在心中自语。对于这位青年思念母亲的不安情绪，从反面加以刺激，以使其就范，这个办法要谨慎运用。没关系，这位青年会按照我的意思行事的。

正好赶上十点出发的班船。头等舱已经满员，八人一间的二等舱日本式房间只住进他们两个。俊辅听到这些，拍拍悠一的肩膀，逗笑地说："今夜可以保证睡个好觉啦。"他俩上船不久就撤去了舷梯。码头上两三个身穿白色内衣的男子，拎着提灯，和甲板上的一个女子打情骂俏，那女子用尖利的叫声回击他们。康子和悠一被这些人的你一言我一语征服了，含着微笑，任轮船远远离开了俊辅。于是，轮船和栈桥之间徐徐露出油一般闪着万斑光点的静静的水面，这片肃穆的水面又像获得新生似的眼见着慢慢扩大开来。

老作家的右膝经夜间海风一吹，有点儿疼痛。有段时间，神经痛发作的痛苦是他唯一的激情。他憎恶这些日子。现在慢慢不讨厌了。这右膝阴险的疼痛，有时成了他为人所不知的热情的藏身处。他由旅馆掌柜的提灯引导着回到旅馆。

一周之后，俊辅匆匆赶回东京，他接到了悠一应允的电报。

第三章　孝子的婚事

婚礼定在九月下旬的一个吉日。两三天之前，悠一想，一旦结婚就再没有机会单独一个人吃饭了。尽管平时没有单独出去吃过饭，但为了完成一个未了的心愿，他下决心来到街上，到位于后街的一家西餐馆楼吃晚饭。这位五十万日元的小富豪，也有这样享受一次的资格。

五点钟。还不到吃饭的时候。店里很空闲，侍者们都还在睡觉。

他俯瞰着日落前残暑未消的杂沓的大街。街道的一半十分明亮，对面洋货店的遮阳伞下，阳光一直照到橱窗内部。阳光像小偷的手指一般，已经逼近和服腰带上的翡翠绿。这个静谧的光芒闪耀的橱窗中的一点绿色，和正在等待上菜的悠一的眼睛时时碰到一起。这位孤独的青年感到口渴，不住地喝水。他有几分不安。

悠一不知道，大凡喜欢男色的人，多数也要结婚当父亲，找不出一个例外。其中多数人虽说不是出于本意，事实上都想利用自己的特异的本能为婚姻生活锦上添花。他们在饱享妻子这唯一女人赏赐的珍馐盛馔，被弄得脑满肠肥、恶心呕吐之余，可以说绝无再向别的女人伸手的道理。世上热爱妻子的男人中，这类人并不少。要是生了孩子，他们既当父亲，又当母亲。那些为拈花惹草的丈夫所苦恼的女子，二次结婚时可以找这种男人。他们的婚姻生活意味着一种幸福、安定、无刺激，而从根本上说是一种可怕的自我冒渎。这类丈夫最后的堡垒总的来说靠的是一种自恃骄人的观念：永远以冷笑对待"作为人的"日常生活的每一个细节。对于女人来说，这是做梦都难以想象的残酷的丈夫。

要了解这些机微需凭年龄和经验。而且要经过调教才能耐得这样的生活。悠一二十二岁了。不仅如此，他的疯子一般的庇护者也没有年龄上的优势，只是热衷于观念。悠一至少失去了使之凛然而视的那种悲剧意义。他感到一切都无所谓。

菜上得太迟了，他不经意地回头看了看墙壁。于是，他觉察到有一双眼睛紧紧盯着自己的侧影。那视线一直像飞蛾一般悄悄地停在悠一的面颊上，他一回头，那"飞蛾"很快飞走了。墙壁旁边站着一个十九二十光景的身材修长、肌肤白嫩的侍者。

那人的胸前排列着半圆形的两列漂亮的金扣子。他倒背手直立不动，手指轻轻弹着墙壁。看他那副羞赧的神色，就知道尚未经过职业训练。头发乌黑光亮，那纤弱的略显倦怠的下半身，同那小巧的面庞、男童偶人般天真的嘴唇十分相配。他的腰围衬托着少年双腿纯洁的线条。悠一如实地感受到他身上飘溢的欲情。

那位侍者被里面的人叫去了。

悠一吸着香烟。正如一个接到征兵令的男子，入伍前绞尽脑汁，计划着如何享乐，结果什么都没有得到那样，快乐从一开始就需要有个前提，即无期限和害怕倦怠。悠一有种预感，就像过去数十次放过机会一样，这种欲情也会失去踪影。他一口吹走落在光亮的餐刀上的烟灰，那烟灰飘到了桌面的一朵玫瑰花上了。

汤上来了。左臂搭着餐巾、推着银制餐具走过来的正是刚才那位侍者。他把打开盖子的汤碗放在悠一的盘子上的时候，悠一在一股热气的鼓舞下，抬眼朝侍者看了看。两张面孔靠得非常近，悠一微笑了。侍者微微露出一口洁白的牙齿，以此回应这位青年的微笑。不久，侍者离去，悠一又低头默默望着盛满汤汁的杯碗。

——这个颇有意味的难得再遇见的小插曲，清晰地留在他的脑海里。因为这插曲的背后似乎带有某种明确的意思。

婚礼宴会在东京会馆分馆举行。新郎新娘照例并排站在金屏风前。独身的俊辅当然不适合担当证婚人的角色，他以所谓嘉宾的名义出席。老作家坐在休息室里吸烟，这时，身着男女礼服的一对夫妇走进来。这位举止高雅、身穿滚花裙裾的盛装女子，那一副略显冷艳的瓜子脸，使得休息室内所有其他女子黯然失色。她那绝不含笑意的澄澈的眸子，一无所动地打量着周围。

她就是和原伯爵丈夫一起巧设美人计、敲走俊辅三万日元的那个女人。知道这些，就会懂得那副装得毫无所动的一瞥，是在寻找新的猎物。而那位仪表堂堂的丈夫，他缩着下巴颏，两只手捋着没有戴的白色羔皮手套，紧贴着自己的妻子。和好色之徒颇有自信的传情不同，他用不安而充满渴望的视线到处搜寻。这对夫妇具有乘着降落伞到蛮荒之地探险的兴趣。那种自豪和恐惧相混合的滑稽的表情，在战前贵族身上是难得一见的。

镝木原伯爵看到俊辅便伸出手来。他用一只像流氓似的白皙的手摆弄着纽扣，微微歪着脑袋，笑眯眯地说了声"您好"。这句自有财产税以来被伪君子所滥用的寒暄语，中产阶级故意绕开不用，实出自他们可厌的顽固本性。作恶可以保证他们高贵的无耻，所以，听到这个"您好"的问候语时，谁都有一种自然的印象。总之，恶人由于慈善，最终可以变成非人；

贵族由于作恶，最终可以变成真人。

话虽如此，镝木的风貌里还是能感觉出某种难以形容的可厌的东西。犹如衣服上擦也擦不掉的污迹，仿佛刻印上的一种莫名其妙的不快、柔弱和厚颜无耻的混合物，还有那副硬挤出来的可怕的腔调，以及那完全按计划造就出来的自然……

俊辅满怀愤怒。他想起了镝木那副又像女人又像绅士的胁迫的手段。他今天更没有理由接受镝木这句诚恳的犒赏。

老作家勉强应付了一下。他马上意识到必须对这种孩子气的回应方式加以修正。俊辅从长椅上站起来。镝木一双黑色皮鞋上套着鞋套，他看到站起来的俊辅，以一个脚底擦着地面的舞蹈姿势后退了两步。于是，他便和另外一位熟悉的夫人互道契阔。俊辅已经站起来的身子失去了方向，镝木夫人径直走过来，将俊辅领到窗边。这是一个不爱说过多客套话的女人，她走起路来风摆荷叶，显得非常快活。

室内的灯光明亮地映在玻璃窗上，镝木夫人站在暮色笼罩的窗户前边。俊辅注意到她那看不出一点皱纹的美丽的肌肤，十分惊奇。夫人的才能是总能在一瞬间选择适合于自己的照明角度和光感。她也没有提到过去的事情。这对夫妇很善于利用一种心理作用：自己只有完全不显露歉疚的样子，才会使得对方更加感到歉疚。

"您的身体很好嘛，在这种场合，我丈夫倒比桧先生显得老多啦！"

"我真想老得快一些呀。"六十六岁的作家说道，"现在还老是犯年轻人的毛病哩！"

"这老头子真讨厌。还有那番心思吗？"

"您呢？"

"对不起，我今后还长着呢。今天的新郎官和那孩子般的姑娘结婚很像过家家呢。要是举行婚礼前，到我这儿学习两三个月就好啦。"

"您看南君这位新女婿的穿戴怎么样？"

老艺术家用微显黄浊的目光，紧紧盯着女人的表情问道。只要她面庞稍动一动，眼睛略微闪一下光，他就有信心抓住时机，煽风点火，定能使她欲火中烧，春心荡漾，欲罢不能。大凡小说家都是如此，他们这伙人，在对付别人的热情方面本领大极了。

"今天第一次见到他。早听人说起过，真是一位名不虚传的漂亮青年。这青年和一个不通世故的傻姑娘结婚，听说才二十二岁，还有比这桩婚姻更枯燥无味的吗？哪里还有什么浪漫可言呢？连我都忍不住生气呢。"

"别的人对他怎么看？"

"都在谈论那位新郎官。康子小姐的同学都在争风吃醋呢。说什么'我才不喜欢那种男人哩'。此外，她们还能挑剔些什么？那新郎一副动人的笑容真是没法说，那是一种散发着青春光彩的温馨的微笑。"

"您可以在致辞的时候提一提嘛。也许可以帮衬帮衬，因为他们的恋爱结婚实在太平淡无奇了。"

"可是事先不是这么宣传的吗？"

"那是撒谎。可以说是另外一层意思上的崇高的婚姻，这指的是孝子的婚事。"

俊辅朝休息室一角的安乐椅方向示意了一下，那里坐着悠一的母亲。她的脸上显得有些浮肿，涂着厚厚的白粉，近来看不出是在一个快活的刚入老境的年龄。她拼命想笑，但是那浮肿的面颊妨碍了她的笑容，使她那僵硬的笑意不断沉淀在腮边。尽管如此，在目前的这一瞬间里，她置身于一生最后的幸福之中。俊辅认为，所谓幸福就是丑陋。这时，那位母亲戴着古式钻戒的手指在腰间蹭了一下，或许表示要小解了。陪伴她的一位身穿紫色和服的中年女子，低头同她说着什么。那母亲被女子拉着手从椅子上站起来，一面殷勤地向来宾打招呼，一面分开人群向走廊里的厕所走去。

俊辅从近处看那张浮肿的面孔，想起第三任妻子死后的容颜，不由战栗起来。

"现今这真成了难得的美谈啦。"

镝木夫人冷冷地说。

"找机会见一见悠一君吧？"

"他刚结婚，恐怕很难吧？"

"可以等他们蜜月旅行回来之后。"

"他肯赴约吗？很想和那新郎说说话呢。"

"您对结婚没有偏见了吗？"

"反正是别人结婚。不过，即便是我自己结婚，对于我来说也像是别人的婚姻。这不是我所能理解的事情。"

这位冷彻的女人回答道。

店员告诉大家宴会一切就绪，于是百余名客人缓缓拥进另外一座大厅。俊辅排在主宾席，使得这位老作家甚感遗憾的是，从这个角度看不见悠一那双美丽的眼睛里闪烁不安的神色。在客人们看来，这位新郎黯淡的眸子，该是今宵最为美丽的风景之一。

宴会准时开始了。按惯例，宴会进行一半时，新娘新郎在众人的掌声里退席。证婚人夫妇为照顾这对大小孩夫妻费尽心思。悠一换休闲装的时候，总是打不好领带，重新打了好几次。

证婚人和悠一来到停在门口的汽车前边，等着尚未换好衣服的康子出来。这位原大臣证婚人掏出香烟也给了悠一一支。年轻的新郎笨拙地点上火，环视着大街。

他们都有些醉意，不适合坐在汽车里等康子。两个人倚着崭新的汽车闲聊，身旁驶过的汽车的头灯照耀着车体散射着炫目的光芒。证婚人叫他不必担心母亲，他答应在悠一外出这段时间由他负责照顾。悠一听了这位父亲的老朋友亲切的话语，十分高兴。他心里感到很悲凉，又很伤感。

这时，对面大楼走出一位精瘦的外国人，一身淡黄的西装，打着漂亮的蝴蝶结。他走到停在路边的自己那辆新型福特轿车旁，打开车门。接着，他身后很快出现一位日本少年，站在石阶中央张望。他穿着一身笔挺的双排扣格子西装，打着色彩艳丽的领带，即便在夜晚也看得很清楚。在楼前的灯光照耀下，发油像水波一般闪亮。悠一见了大吃一惊，他就是前些天见过的那位侍者。

外国人催促少年快些走。少年十分轻快地跑过来熟练地坐在副驾座上。接着，外国人坐进左侧方向盘前边，喀嚓一声关上车门。车子立即以轻快的速度驶去。

"怎么啦？脸色很不好啊。"

证婚人说道。

"哦，没抽过香烟，一抽就有点儿不舒服。"

"那可不行，还是还给我吧，我没收。"

证婚人接过点着火的香烟，往镀银的烟盒里一放，呱哒关紧盖子。这声音再次威胁着悠一。这时候，换上西式休闲装的康子，戴着蕾丝白手套，在送行人的簇拥之下走出大门。

两人坐汽车到东京站，乘上七点开往沼津的火车去热海。康子那副轻松自在、充满幸福的神态，使得悠一甚感不安。他那温柔而宽厚的心胸本来是可以容得下爱的，可是眼下变得狭窄起来，似乎难以收容她那奔流的激情。他的心被死板的观念填得满满的，像地窖一样黑暗。康子把读厌的娱乐杂志交给他，目录里印着"嫉妒"两个黑体字。这才使他感到自己名副其实地处在黑暗的动摇之中。他的不快似乎来自嫉妒。

嫉妒谁？

于是想到刚才那位少年侍者。坐在蜜月旅行的火车里，放着新娘子不顾，嫉妒一位交肩而过的少年，他感到自己变得可怕起来。他觉得自己就是一种不定型的不像人样的生物。

悠一头靠在座席背上，稍微拉开些距离，瞧着康子低俯的脸庞。能否看作男孩子的脸呢？那眉毛？眼睛？鼻子？嘴唇？他像画坏了几幅素描的画家一样咂着舌头。他终于闭上眼睛，一心把康子想象成一个男人。然而，这种极不道德的想象力，使得眼前这位美丽的少女，变成比女人更难去爱，或者说越来越像一个不可爱的丑恶的影子了。

第四章　黄昏看到的远火的效能

十月初的一个晚上，晚饭后悠一闷在书房里。他环视了一下周围，这是一个学生般的简朴的书房。独自一个人的思考，如看不见的雕像一样纯洁地矗立着。全家只有这间屋子尚没有妻子出入，一个不幸的青年只有在这里才能放松地呼吸。

墨水瓶、剪刀、笔架、字典，他喜欢这些东西在台灯光下熠熠生辉的时刻。物是孤独的。每逢他置身于这些东西的包围之中时，便朦胧觉得，世上所说的家庭团圆式的和平不就是这样的吗？就像墨水瓶和剪刀，以相互独立存在的理由，在尚未成形的行为中，无言地相守着。这种团圆是无声而透明的微笑。这是保证相互团圆的唯一资格……

一想到"资格"这个词儿，他的心立即发痛。现在南家表面的和平，似乎是对他的谴责。幸好不是肾萎缩而免于住院的母亲每天的微笑，康子从早到晚浮现出的阴云般的微笑，这种安息……都睡着了，只有他一人醒着。他感到和一直沉睡的家人生活在一起很不是滋味。他想一个个拍着肩膀叫醒大家。但要是这样……当然，母亲、康子，还有阿清，都会醒来的。而且在这一瞬间，他们都会憎恨悠一。他一人独自醒着，这是多么背信弃义的事。然而更夫却被这种行为所保护，因背叛睡眠而保护着睡眠。啊，为了让真实在睡眠旁边继续，这人性的警戒啊！悠一感到了更夫的愤怒，他在这人性的作用上感到了愤怒。

考试的日子尚未来临，可以先检查一下笔记。他的经济学史、财政学、统计学等笔记本上，排列着整齐、漂亮的小字，同学们都为他正确的记述感到惊奇。这种正确不是来自机械本身。机械的姿势突出表现于早晨秋阳照耀的教室里数百支唰唰作响的笔尖之上，尤其是悠一的笔尖之上。那种没有感情的笔记，几乎像速记一样，是他将一切思考仅用于机械式的克己手段的回报。

今日是他婚后第一次到学校去。学校是个很好的避难所。回家了。俊辅来电话。电话里，老作家用沙哑而明朗的语调大声说道：

"喂，久违啦。你好吗？考虑你的情况，一直没有打电话。明天到我家吃晚饭好吗？本来打算叫你们一道来，可是想问问你近来的情况。你一个人来吧，这事不要告诉你夫人。刚才夫人来过电话，她说后天星期日你们都来看我，到时候你就装作是婚后第一次来这里好了。明天，你五点来吧，有位客人想介绍给你认识一下。"

想起这电话，悠一感到面前的笔记本上好像一只大飞蛾子来回盘旋。他合上笔记，嘀咕了一声："又是女的！"浑身觉得疲惫不堪。

悠一像小孩一样害怕黑夜。今晚至少可以从义务观念里解脱出来了。这一夜，他独自全身放松地躺在床上，贪婪地饱享着反复到来的义务所奖给他的安息。他的目光在纯洁的一丝不乱的被单上徘徊。这是最高的奖赏！然而讽刺的是，窥视的情欲却不允许今夜的他如此安息下去。情欲像岸边的流水，时而舔着他黑暗的内心，退去了又悄悄涌过来。

一次次畸形的毫无情欲的行为。一回回坚冰般的官能的游戏。悠一的初夜是情欲拼死的摹写。这个出色的摹写，欺骗了缺乏经验的买家的眼睛。就是说，摹写看来很成功。

俊辅仔细教会悠一实行避孕的手续，悠一还是放弃了，因为他害怕这种手续会妨碍他精心构筑起来的某种幻想。理性命令他避免生小孩，然而，一想到眼下这种行为一旦失败所带来的屈辱，以及由这种屈辱而产生的恐怖，那么未来的一桩桩一件件，比起这种恐怖来就变得无所谓了。第二个晚上，他又重复一遍和初夜相同的那种盲目的行为。这是由于他出于一种迷信，认为初夜的成功是因为没有履行那样的手续，他担心万一履行那种手续会引起挫折。第二夜可以说是那种成功摹写忠实的二重摹写。

想起那些始终以一颗冰冷的心闯过来的一个个冒险的夜晚，悠一战栗了。热海宾馆的初夜，新娘新郎陷入同一种恐怖的奇怪的初夜。康子入浴的时候，他带着不安的心情走到阳台上。夜间，宾馆的狗在叫。

眼底下，站前灯火明丽之处有一家舞厅，可以清晰听到那里的音乐。凝神一看，窗户里人影憧憧，随着音乐而动，音乐停止，人影也停止。每当停止，悠一就心跳加快。他像念咒一般背诵着俊辅的话：

"把对方当成一堆碎木头，当成坐垫，当成肉铺屋檐下吊着的干牛肉！"

悠一胡乱地将领带解下来当鞭子，用力抽打阳台的铁栏杆。他需要有这种积聚力量的行为。

熄灯时，他沉迷于漫无边际的想象之中。摹写是最富独创性的行为。在从事摹写的时候，悠一感到自己没有将任何东西当作范本。本能使人陶醉于凡庸的独创之中。但是，违反本能的痛苦的独创意识，又无法使他陶醉。"干出这种事来的人，从前没有过，今后也不会有。只有我一人。我必须自己动脑筋创造一切。每时每刻都在屏息静待我的独创的命令。看，我的意志一次又一次战胜本能的冷彻的景色。在这荒凉的风景中央，女人的欢乐像吹起尘埃的一股小旋风一般婉转飘荡。"

……总之，悠一的床上，还需要一个美丽的雄性，介于那面镜子和女人之间。不借助这一点，成功就没有把握。他闭上眼抱住女人，这时，悠一在心里描绘着自己的肉体。

暗室内的两个人逐渐变成四个人。这是因为，真实的悠一和变成少年的康子之间的交媾，以及想象中能够爱女人的假设的悠一和真实的康子之间的交媾，两者必须同时进行。这种双重错觉，时时可以迸发梦幻般的欢喜。这欢喜随即又转为极度的倦怠。悠一在幻觉里，每每想到母校放学后空无一人的宽阔的操场，他投身于陶醉之中。凭着这瞬间的自杀而结束行为。然而，从明日起，自杀又成为他的习惯。

一种不自然的疲劳和呕吐，夺去两人第二天的旅程。他们沿着倾向海面的陡峭的斜坡，来到大街上。悠一感到自己是在所有人面前，继续装出很幸福的样子。

他们在岸边三分钟花五日元用望远镜窥探大海。海上晴明，可以清晰地看到右手地岬一端锦浦公园的东屋，在午前的阳光里闪耀。小两口的身影掠过东屋融进光亮的茅草丛里。又有一对人影进入东屋的阴影向这边靠近。那一对身影融合在一起了。将镜头转向左方，蜿蜒而舒缓的石板坡上，点缀着一对对人影，正在向上攀登。印在石板上的双双对对的影像看得分外清楚。悠一瞧着自己脚边同样的影子，稍稍放下心来。

"大家都和我们一样啊！"

康子说道。她离开望远镜倚在防波堤上，让海风吹拂着微微有些眩晕的额头。然而这时候，悠一却对妻子的这种确信颇感嫉恨，他沉默不语。

……悠一从不快的思虑中清醒过来，望着窗户。透过高台上的窗户，可以远望下面市街上的电车道、简易建筑对面的地平线，那里是烟囱林立的工厂地带。晴天的日子，那一带烟雾萦绕，地平线看上去仿佛升高了一两寸。不知是夜间作业还是霓虹灯光微微反射的缘故，那一带天空底下时时染着一抹淡淡的胭脂红。

但是，今晚的红色却有点儿异样，天际一带显露着几分模糊不清。月亮尚未出来，在微薄的星光照耀下，愈发显得沉醉不醒了。不仅如此，远方的红色像飘舞的旗子，带着浑浊而不安的杏黄色，看起来，像一面随风飘扬的奇怪的旗子。

悠一明白了，那里失火了！

看起来，大火周围笼罩着白烟。

美青年的眼睛因情欲而湿润了。他的肌肉悒郁地绷紧了。不知为何，他感到不能一直待在这儿了。他从椅子上站起来，必须赶紧跑出去，必须使那场大火熄灭。他出了大门，将学生服外面的淡蓝色外套的带子紧了紧。他告诉康子，要马上去找一些必要的参考书来。

他下了斜坡，站在简易房前漏泄着微弱灯光的马路上等电车。虽说漫无去处，但他先要到市中心去。不久，光亮炫目的都电[1]拐过街角摇摇晃晃地开过来了。没有空席位，尚未坐下的十二三个乘客，三三两两，有的靠在窗边，有的拉着吊环。总之，相当混杂。悠一凭窗而立，让夜风吹拂灼热的面颊。遥远地平线

1　即都营电车，东京都交通局经营的电车。

上的大火在这里看不见了。那真是一场火灾吗？或者是一种极为凶恶而不吉祥的火光？

悠一身边的窗户没有人。下一站上来的两位男子靠在那里了。他们只能窥视悠一的后背。悠一若无其事地留意着他们两个。

一个是商人打扮，穿着一件旧西装改做的灰色夹克，不到四十岁，耳后有个小疤痕，头发梳得很整齐，油光可鉴。他的双颊瘦长、灰黄，长着稀疏的乱草般的胡子。另外一人似乎是个工薪族，穿着小号的茶色西装，那长相使人想起老鼠。然而肌肤白皙，近乎苍白。枣红色玳瑁腿的眼镜，更加反衬出那张灰白的脸膛。看不出他的年龄。两个人低声地说着话，声音里带着难以形容的亲昵，仿佛急等着享受什么愉快的秘密。他们的话毫不客气地传到悠一的耳朵里。

"从这儿向那里去吗？"

穿西装的男子问。

"近来男人少，要想找，到这时辰就该出动了。"

商人打扮的男子回答。

"今天去 H 公园吗？"

"这叫法不好听，应该说 park。"

"哦，对不起。有好小子吗？"

"要碰机会，现在正是时候，晚一点儿就光剩老外了。"

"好久没来了，我也去看看吧。今天看来是不行了。"

"你要是我这样，就不会遭生意人的白眼啦。我要是再年轻漂亮些，就会被当作来捣乱市场的。"

车轮的响声打断了会话。悠一心里好奇起来。然而第一次发现的同类者的丑恶刺伤了他的自恃的念头。长期养成的非人的懊恼，同他们的丑恶十分相合。"同他们比起来，"悠一想，"桧先生的年龄在脸上，至少有着男人的丑陋。"

电车到站，从这里换车到市中心。穿夹克的男子告别同伴来到车门边。悠一跟着他下了车。与其说出于好奇，毋宁说是义务感使然。

十字路是个比较繁华的街巷。他在等车时尽量距离那个男子远一些。他站在一家水果店旁，明晃晃的电灯光下，店头堆满了秋天的果实。有葡萄，紫色

的果皮上布着一层白粉，这颜色和临近的富有柿[1]秋
阳般的光泽相映成趣。有梨子，有及早上市的青橘子，
有苹果。然而，堆积在一起的水果像死尸一样冰冷。

穿夹克的男子转头向这边张望，目光和悠一碰
在了一起，悠一无意地避开了。对方的视线像苍蝇一
样死死叮住悠一不肯离开。"难道注定要和这家伙一
起睡觉吗？"悠一想，"我已经没有选择的余地了吗？"
他战栗起来。这种战栗包含着一种甘美的不洁的馊
味儿。

电车来了，悠一迅速上去了。刚才听他俩谈话
的时候，或许没被他看到脸吧，绝不能被他们当作同
类。但是，那个男人眼里情欲如火，在混杂的电车里，
踮着脚尖，搜寻着悠一的侧影。一副完整的侧影，狼
一般年轻彪悍的侧影，理想的侧影……然而，悠一却
把穿着深蓝色外套的脊背对着他，抬头仰望写有"秋
天行乐到 N 温泉"字样、画着红叶的广告。广告都
一样。什么请到温泉、宾馆、简易旅舍休息啦，什么

1　岐阜县种植的品质优良的柿子。

有浪漫设备啦，什么一流设备、最低收费啦……一张广告上画的是：墙壁映着裸体女人的影像、一只香烟萦绕的烟灰盘子，写着"我家宾馆是您今秋夜晚的回忆"。这些广告使悠一感到痛苦。这个社会毕竟基于异性爱的原理，并以某种令人倦怠的永远的多数派原理运转。不论你情愿不情愿，都得品尝这个滋味。

不一会儿过了下班的时间，可是大楼的窗户依然通明。开往市中心的电车在灯光里穿行。

行人稀少，街树幽暗。可以看见公园里黑森森的静谧的林木。到达公园前站，悠一抢先下车。还好，下车的人很多，那男人殿后。悠一和其他人一起穿过马路，进入公园对面角落一家小书店，一面装着阅读杂志，一面窥视公园方向。男人在面对人行道的厕所前转悠，明显在寻找悠一。

悠一看到那男子不一会儿进了厕所，他马上走出书店，穿过无数汽车的洪流，快步过了马路。厕所前面是幽暗的树荫，但是，那里仿佛有着轻快而杂沓的脚步、隐蔽的热闹，或者说有一种看不见的正在举行集会的气氛。就像一般宴会，虽然门窗紧闭，却能微微感知悄然流泻的音乐、餐具碰撞的响声，以及拔掉酒瓶塞子的声音。但是，这里是飘散污秽之气的厕所，而且悠一周围没有一个人影。

他进入厕所阴湿而黑暗的灯下，这个圈子里的人管这里叫"办事处"——这种办事处举其著名者，东京有四五个之多——这个名称来自办事的默契：眼神代替身份材料，一个小动作代替方式，交换暗号代替电话。这种阴暗沉默的办事处里的日常事务，映入悠一的眼里。然而，这并不是说他看到了什么。这里有将近十个男人，但这个时刻不该有这么多。他们互相交换着眼色。

他们一同看着悠一的脸。一刹那，众多的眼睛发光了，众多的眼睛嫉妒地看着。这位美青年恐怖地颤抖着，他似乎要被这些眼睛撕裂开来。他感到惶惑不安。可是，这些男子的动作很有秩序。他们被互相牵制的力量所左右，因而可以省却超乎寻常的速度。他们像一团泡在水里的水藻，徐徐胀大开来。

悠一由厕所的侧门逃出来，进入公园八角金盘的浓荫里。一看，眼前的人行道上随处是香烟的火光。

公园里供恋人们在白天和傍晚挽手散步的僻静小路，在数小时之后，将完全派上另外的用场，这是他们做梦都无法想象的。也就是说，公园改换了一种面貌，显现了白天掩盖着的异样的半边脸孔。正如莎翁戏剧最后一幕所说，人们宴飨的场所到夜半时刻，就为妖魔的宴飨让出地点来。白天里，白领恋人们坐下来喁喁情话的展望台，到夜里可以说变成了"比武台"。本来是远足的小学生争先恐后跑跑跳跳登上的阴暗的石阶，这时取名为"男人的入口"。公园后面高大树木下的道路，这时以"初会之路"命之。所有这些都是夜间的名称。由于没有特别取缔法，当地警察弃置不管，他们很熟悉这些名称。伦敦、巴黎的公园也是充当这样的用途，这当然是因为实际上的便利，但这种旨在服务于多数人的公共场所，也滋润了少数人的利益，这倒是一个具有讽刺意味的施恩现象。H公园一角自大正时期辟为练兵场起，就成为这类人聚集的著名场所。

悠一站在自己所不熟悉的这条"初会之路"的一

端，沿着这条路反方向而行。同类们有的站在树荫里，有的像水族馆的鱼一样慢慢腾腾踱着步子。

这个被一种渴望、选择、追求、欣慰、叹息、梦想、彷徨、习惯的麻药所麻醉，并沉迷于一种情念、美学的痼疾而变得丑恶的肉欲的群体，依靠幽暗的路灯的微光，互相交换着悲凉而凝滞的视线。夜间睁开着的几多渴求的眼睛，注视着，流动着。小路拐弯之处交错而过的手臂、肩膀、一闪即逝的目光，似夜风拂动树梢，缓缓地来来往往。又在同一个地方交错而过，这回投过来的是一瞥锐利的检验的视线……

分不清是树林里漏泄的月光还是灯火，斑驳明丽的草丛里到处是虫鸣。虫的声音和黑暗里随处明灭的香烟的光亮，加深了这种情念上的窒息般的沉默。公园内外不时疾驰而逝的汽车的头灯，摇动了巨大的树影。这时，伫立于树影里一直看不见的男人的身影，转瞬间猛然浮现出来。"这些都是我的同类！"悠一边走边想，"这类人虽然阶级、职业、年龄、美丑各异，但同一种情念，可以使得他们的私处互相结合。这是什么样的纽带啊！这些男人现在没有必要一起睡觉。

我们天生就睡在一起了。互相憎恶，互相嫉妒，互相
蔑视，但又互相温存，互相施以些微的爱。看，走在
那边的男人的脚步如何？他忸怩作态，双肩紧缩，摇
头摆尾，走路像蛇行。那是我的同类，比起父母、兄
弟和妻子还要亲近的同类！"——绝望是一种安息。
美青年的忧郁有些减轻了。这是因为，如此众多的同
类中，没有发现一个比自己更美貌。"可是刚才那个
穿夹克的男子哪儿去了？他还在厕所里吗？我慌慌张
张逃脱了，也把他给放掉了。站在那边树荫里的是
他吗？"

　　他有一种盲目的恐怖：要是见到那个男人必须
跟他睡觉。他又泛起这种盲目的恐怖感来。为了给自
己壮胆，他点上一支烟。这时，走来一个青年，没有
点火，他掏出恐怕是故意掐灭的香烟说道：

　　"对不起，借个火。"

　　这是一个穿着一身精心缝制的灰色双排扣西服、
年龄二十四五岁的青年。一条轻柔、美观而富于情趣
的领带……悠一默默递过香烟。青年面孔狭长，五官
整齐。悠一仔细瞧着那张脸，不由战栗起来。青年绷

满血管的手臂，眼角深深的皱纹，看来是个远远超过四十岁的人。眉毛经过眉笔认真地修饰，白粉像假面具一般掩盖着衰老的皮肤。过长的睫毛似乎也不是天生的。

老青年睁着圆圆的眼睛，好像要跟悠一说些什么。可是悠一转身走开了。他出于对对方的怜惜，尽量放慢脚步，免得像逃开一样。这时候，似乎一直跟过来的那帮人忽然活跃起来。不止四五个，他们三三两两无意似的转换了步伐。悠一发现其中一人明显就是那个穿夹克的男子。他默默加快了脚步。然而，这些无言的赞美者或前或后，都在窥视这位美青年的侧影。

来到那段石阶旁，既不熟悉地理，又不知其夜间名称的悠一，心想上了石阶总会有地方可逃吧。月光如水，照耀着石阶的顶端。他在登石阶的时候，偶然有一个人影正吹着口哨走下来。这是一位穿着紧身白毛衣的少年。悠一认出他来了，就是宾馆的那个侍者。

"哦，小哥哥。"

他不由向悠一伸出了手。排列不整齐的石阶使得少年摇晃了一下，悠一扶住他那柔软而饱满的身子。这种戏剧式的会面使他大为感动。

"还记得吗？"少年问。

"记得。"悠一回答。他没有说出婚礼那天看见他的痛苦的记忆。两人互相握手。悠一感觉出少年小手指上戒指的棘刺，这使他忽然想起学生时代披在他肩膀上的浴巾锐利的纤维。两人手挽手跑出公园。悠一的胸脯剧烈地起伏着，不知不觉拉着少年走上恋人们夜间闲逛的小道。

"为何这么奔跑？"

少年气喘吁吁地问。悠一红着脸站住了。

"没什么好怕的，小哥哥还不习惯啊。"

少年又一次说道。

其后，两人在一家特殊服务的宾馆的一间房间里度过三个小时。这对于悠一来说，好像是在灼热的瀑布里洗浴。他挣脱一切人工的羁绊，陶醉于灵魂赤裸的这三小时之间。赤裸的肉体的快乐又能如何？当灵魂扔掉重负、赤裸着的一瞬间，悠一官能上感觉到的那种澄明而剧烈的喜悦，几乎不给肉体留驻的余地。

但是，要正确判断的话，与其说是悠一买下少年，不如说是少年买下了悠一。或者是巧妙的卖主买下了拙劣的买主。侍者的精妙技艺使得悠一作出壮烈的表演。霓虹灯通过窗帷看起来好似火灾。在烈焰的映照中浮起一双盾牌，浮起悠一丰满的男人的胸脯。夜间所没有的冷气不时刺激着他的敏感的体质，使得这胸脯上好几处出现荨麻疹似的红斑。少年叹了口气，他亲吻着一个个红斑。

——侍者坐在床上一边穿短裤一边问：

"下次何时能再见？"

明天，悠一和俊辅有约会。

"后天可以，最好不去公园。"

"可不是嘛，我们没有那个必要了。今晚第一次见到打从孩童时代一直向往的人。像哥哥你这样帅的人真的没见过。简直像神仙。好吧，拜托啦，可不能丢下我呀。"

少年用他那柔嫩的脖颈蹭着悠一的肩头。悠一的指尖儿抚摸着他的脖颈，闭上了眼睛。这时，他在品味着一种预感，不久自己将把这位最初的伙伴丢弃。

"后天九点，店里一打烊就去。这附近有一家那类人集中的咖啡馆。虽说像俱乐部，但一般人有的一无所知也进来喝咖啡。所以，哥哥可以来。我给您画张地图。"

他从裤兜里掏出笔记本，舔着铅笔尖儿画了一张蹩脚的地图。悠一看到少年的颈项上有一小撮旋毛。

"好啦，一看就知道。哦，我的名字叫阿英，哥哥呢？"

"阿悠。"

"好名字。"

对于这种恭维话，悠一有点儿不爱听。他感到惊奇，少年远比自己更沉着冷静。

——两人在街角分手。悠一刚好赶上末班电车回到家中。母亲和康子都没有问他到哪儿去了。悠一躺在康子身旁的床上，第一次感到安息。他已经可以避免什么了。他为一种奇妙的恶意的喜悦所驱使，将自己比作结束愉快的假日又回到日常工作里来的娼妓。

然而，这种游戏的寓意里，含有比他所想象的更深的意味。康子这位谨慎、柔弱的妻子，到头来所能给予丈夫的与其说是一种不测的影响，即最初的浸润，毋宁说是浸润的某种预感。

"较之躺在那个少年身旁的我的肉体，"悠一想，"如今躺在康子身旁的我的肉体是多么廉价！康子不是委身于我，而是我委身于康子。这是无偿的。我是个'不要报酬的娼妓'！"

这种自甘堕落的思想，不像以前那样使他感到痛苦，说来说去，而是给他一种愉快。因为太疲劳，他很快睡着了，就像一个慵懒的娼妓。

第五章　济度开始

第二天，出现于俊辅家中的悠一那副满足而幸福的笑容，首先使俊辅，其次使来见他的女客感到不安。两人本来以为悠一身上会带有最符合青年人的不幸的印记。看来他们都估计错了。这位青年的美貌是普遍的美，看不出有什么不符合他的印记。镝木夫人以女人迅疾判评人品的一瞥，一眼就看出了这一点。"幸福只适合这位青年。"夫人想。适合于幸福的青年就像穿着合体的黑色西装的青年一样，应该说是当今一种宝贵的存在。

悠一感谢夫人出席他的婚礼。这种自然而使人感到愉快的礼节，使得应对所有年轻男子游刃有余的夫人，立即说出十分亲昵的话来。她忠告说，他的笑容仿佛是吊在额头上的写着"新婚"二字的牌子，走出家门要是还不把这块牌子摘掉，那就有撞上不长眼睛的电车或汽车的危险。老作家看到他不表示任何反驳，只是笑容满面地应酬着。俊辅怀疑自己的眼睛，他那困惑的表情里显现一个男人明明上当受骗还要维护体面的愚痴。悠一开始对这位一大把年纪的老人有些轻蔑。不仅如此，他还联想起一个诈骗别人五十万日元的罪犯的喜悦，心里很是愉快。于是，三个人的餐桌，由于一些意想不到的话题，气氛显得格外活跃。

桧俊辅有一位一直崇拜自己的技艺高超的老厨师。这位厨师的拿手菜，都是适合盛在俊辅父亲搜集的瓷器里的佳肴。俊辅本人由于天生不感兴趣，他没有餐具和菜肴如何搭配这方面的爱好。但出于一片诚心，他在请人吃饭时，习惯于招这位厨师来帮忙。这位进入木津聿斋之门学习怀石料理的京都绸缎庄家的老二，今晚为餐桌制定了如下的菜单。怀石料理中谓之"八寸[1]"一组凉菜：松叶松菇、百合烩椒芽、岐

---

1 广岛县内陆制作的乡土拼盘料理，以"煮物"为主的酒菜。名称来自盛菜的漆盘，直径八寸（约二十四厘米）。

阜县熟人带来的蜂屋柿子、大德寺的浜纳豆、红烧螃蟹。接着是鸡汁芥子红酱汤，然后是高雅的宋瓷红牡丹花大盘，里面盛着鲴鱼和河豚生鱼片。炒菜有烤秋香鱼，配菜有青豆烩秋蘑以及赤贝凉拌豆腐。水煮有鲷鱼、豆腐、腌蕨菜。壶菜有热浸红茜。饭后点心有森八的不倒翁果子，还有包在一枚枚樱纸里的白色和桃红色的小偶人点心。但是，所有这些美味佳肴未能给悠一的舌头带来任何感动，他只想吃到一盘煎蛋卷。

"这种饭菜对不起悠一君啊。"

俊辅看见悠一总是提不起食欲来，问他喜欢吃些什么。悠一照自己所想的作了回答。可"煎蛋卷"这个如实的回答却触动了镝木夫人的心事。

悠一自欺欺人陶醉于快活里，他忘记自己是不爱女人的。固定观念的实现，往往会治愈这种固定观念。但被治愈的是观念，而绝不是观念的原因。不过，这种伪饰的治愈，却第一次容许他有沉醉于假设之中的自由。

"假如我的话都是谎言……"美青年多少带着快

活的心情想道，"……事实上是我爱康子，假如出于金钱的考虑而向这位老好人作家玩骗局，我今天该是多么快活。我将扬扬自得地夸示自己舒适的别墅般的幸福，是建筑在罪恶的坟场上的。我会给出生的孩子们大讲埋在食堂地板下的古代骷髅的故事。"

悠一在告白中表现了难以避免的过分的诚实，如今他为此而感到羞愧。昨夜的三小时改变了他的诚实的实质。

俊辅给夫人的酒杯斟满了酒。

酒溢出来，滴在她的漆丝外套上。

悠一从上衣口袋迅速掏出手帕擦拭，打开来的手帕的炫目的白色，为现场带来一番清洁的紧张感。

俊辅在想，自己的老手为何颤抖了呢？当时，他对一直盯着悠一的侧影瞧个没完的夫人激起了嫉妒之情。绝不可因自己愚痴的私情而坏事，尽管俊辅本人的感情必须泯灭，但悠一出乎意表的高兴的神色又使老作家甚感迷惘。他又作了如下反省：我所发现和感到的，也许只是说明这位青年的美是伪装的，我只是喜欢他的不幸罢了……

夫人到底是夫人，她对悠一的细心照料十分感动。大凡男人的好心，她都能够迅速作出判断，不过对于悠一的一番亲切之情，她不能不承认是出于一片真诚。

说起悠一，他对自己转眼之间掏出手帕这种轻率的判断，感到有点儿反悔。他想，自己太轻薄了。他害怕这种由迷醉转为清醒的关心，会使自己的言行被看成是为了谄媚。这种动辄反省的习惯，不久就使他同不幸的自己达成和解。他的双眸又像平时那样黯淡了。俊辅看到这些司空见惯的表现，他很高兴，也就放心了。不仅如此，俊辅还看到，这青年刚才那副明朗的表情，是完全体会了自己用意之后的精心伪装。看看现在的悠一，俊辅的眼睛里有着一种感谢和欣慰之情。

说起来，所有这些各种各样的误解，打从镝木夫人比约定时间提前一小时到访就产生了。这一小时本来是俊辅用来听取悠一汇报的，可她出于平时那种对什么都不在乎的作风，"待着也是无聊，提早前来啦！"于是，她的这句话轻而易举地打乱了一切。

两三天后，夫人给俊辅写了一封信。下面一行
把收信人逗笑了。

"总之，那位青年颇为优雅。"

这和生长在上流社会的女子对于"野性"所给予
的那种尊重，比较起来似乎角度不同。莫非悠一太纤
弱了？俊辅想。绝非如此。看来，夫人的"优雅"一
词想要传达的是，对悠一对待女人时的那种"殷勤的
冷漠"表示抗议。

实际上，悠一离开女人身边，只和俊辅两个人
待在一起时，心情会明显放松。俊辅长期看惯这个年
轻崇拜者一副肃然起敬的表情，这时候，他心里才会
更加高兴。在俊辅眼里，悠一这番心情倒可以称作
优雅。

镝木夫人和悠一该回去了。这时，俊辅约悠
一一起到书房去寻找答应借给他的书，他迅疾地向正
在犹豫的悠一使了个眼色。这是一种不失礼地将青年
从女客身边拉开的巧妙计策。这是因为，镝木夫人是
根本不读什么书的。

这是一间约有七坪[1]的书库，窗外覆盖着洋玉兰树铁甲般浓密的叶子。这里位于楼上的书斋旁边，老作家曾经在这里写下充满憎恶的日记和满含宽容的作品。他很少带人到书库来。

美青年漫不经心地跟着他走进这间充满尘埃、金箔、皮纸和霉味的书库。俊辅发现自己唯一的收藏品——数万册辉煌的图书，似乎立即羞得面孔通红。在生命面前，在这光耀的肉的艺术品面前，众多的书籍皆为自己虚伪的装潢而羞耻。他的全集的精装本，三面金箔虽然没有失去光泽，但集中涂抹在裁断的高级纸张上的金箔，几乎都映照着人的面影。当青年取出全集中的一册书时，俊辅似乎觉得蓄集在书页之中的青春的影像，净化了这些藏书的尸臭。

"日本中世时期，有相当于欧洲中世圣母崇拜的东西，你知道是什么吗？"得到否定回答后，他依然毫不介意地说下去，"是娈童崇拜。娈童占据宴会的上席，最先获得主君的敬酒。这里有那个时代颇有意

---

1 面积单位，每坪约三点三〇六平方米。

思的密藏的写本。"——俊辅顺手从书架上抽出一册薄薄的古装的写本给悠一看，"这是我托人从睿山文库里抄写的。"

悠一不知封面上"儿灌顶"三字怎么读，他问老作家。

"读作 chigokanjyo。这本书分为'儿灌顶'部分和'弘儿圣教密传'部分。'弘儿圣教密传'题目下注着什么'惠心述'，这显然是幌子，时代不同啊。我希望你读一读'弘儿圣教密传'里详述一种不可思议的爱抚的仪式那个部分。（何等精妙的用语！可爱少年之童具称为'法性之花'；可爱男人之玉茎，称为'无名之火'。）我要你理解的是儿灌顶这种思想。"

他用衰老的手指焦急地翻着书页，找到一行读道：

"……汝之身乃深位之萨埵、往古之如来。来此界度一切众生。"

"汝，"俊辅解释说，"这一称呼的对象就是娈童。'汝，自今日起，以后在本名之下添加一丸字，应称某丸。'这种命名仪式以后,照例要朗诵这样一段神秘的赞美和训诫之文。不过……"——俊辅笑了,带着讽刺的神色。"……你济度的开始如何?似乎很成功吧?"

悠一听了一时摸不着头脑。

"听说那个女人,一见到中意的男人,一周之内定要搞到手。真的,有无数个实际例子。不过,有趣的是,即使有不中意的男人求她,她也在一周之内弄得对方神魂颠倒,但最后还是把他一脚踢开。这是多么可怕的一招。我就上她的当了。为了不打破你对她的一丝幻想,我不说了。好,再等一周看,一周后,她就会急不可待地找你,你要巧妙地逃避(当然我会帮你),再拖延一周。只要不使她彻底撒手,有好多办法弄得她急火攻心。那就再等一周吧,你有比那个女人更可怕的权力。就是说,你可以代我为她济度。"

"可她是个有夫之妇啊。"悠一天真地说。

"她也是这么说的。她公开宣称:'我是人家的老婆!'她虽说和丈夫没有分手的意思,但一直不守本分。那个女人的恶癖究竟是淫心不泯，还是始终黏着那个丈夫不放呢？第三者是看不清楚的。"

俊辅看到悠一对这句讽刺话笑了，就调侃道，今天倒是笑得挺开心啊！婚事首尾都很好，多虑的老人因而想到，该不是喜欢上女人了？悠一讲了事情的原委，使得俊辅惊叹不已。

两人下楼来到日式房间，镝木夫人无聊地抽着烟，香烟夹在指缝里在想心事。拿烟的一只手包在另一只手掌里，她想起自己以前见过的年轻人的大手。他谈起体育，谈起游泳和跳高，这些都是孤独的项目。要说"孤独"这词儿不恰当，不过可以说都是一个人干的。这个青年为何选择体育？那么舞蹈呢？……突然，镝木夫人感到嫉妒起来，她想到了康子。因此硬是把悠一的幻想封闭在他的孤独里。

"他似乎有着一种失群的狼的本性。他不像反叛者那样，或许他内心的能量不适合反抗或反叛吧。那么，他究竟适合什么呢？难道适合强烈、深沉、巨大而黑暗的徒劳之事吗？他那明朗而透明的笑容里沉潜着锤子一般忧郁的金矿石。那副朴讷、厚实，具有农家椅子般的安定感的手掌！（坐在上面试试看）……那修长的剑一般的眼眉……深蓝的混纺西服十分合体。那一转身的时候，那觉察危险竖起双耳的时候，那是一副柔软而锐利的狼的身段！……那天真无邪的醉态。当他不能再喝的时候，就会用手捂住杯子，歪着头，表示已经醉意朦胧。这时候，他的乌亮的头发就在眼前闪耀。于是，我产生一种凶暴的心情，想一把抓住他的头发，就像老鹰捉小鸡一样。我巴望他的发油粘在我的手上。我猛然伸出手……"

她习惯性地向下来的两个人抬起倦怠的视线。桌子上只有盛着葡萄的大盘子和喝了一半的咖啡碗。"已经很晚了""送我回家吧"之类的话语，她出于自恃都没说。她默默迎接着他们两个。

悠一看到了被传说腐蚀的女人真正孤独的姿影。不知为什么，他感到夫人和自己十分相似。她很灵巧地把香烟掐灭在烟灰缸里，朝手提包里的镜子瞅了一眼，站起身来。悠一跟在她后头。

夫人的一副做派很使悠一惊讶。她一直没有对悠一开口，擅自叫辆车，开到银座，擅自领他进入一家酒吧，让他和侍者一道玩，又擅自离开，用车把他送到自家附近。

在酒吧里，故意从远处看着他身旁围着一群女人。悠一不太习惯这样的场合，况且穿着没有穿惯的西服，所以他时时快活地拽一拽缩进西服里的白衬衫的袖口。镝木夫人眼看着这些，心情非常愉快。

夫人和悠一在椅子狭窄的空间跳起舞来，流行乐队在酒吧一角棕榈荫里演奏音乐。这是穿梭于椅子缝隙里的舞姿，这是笼罩在醉汉无止境的狂笑以及香烟烟雾之中的舞姿……夫人用手指触摸着悠一的颈项，那夏草般新鲜而坚挺的发根也不住摩挲她的纤指。她睁开眼，悠一的眼睛瞧着虚空。夫人感动了。这是一双傲岸的眼睛，只要女人不跪在他面前，他决不会看她一眼。这也正是她久久苦求而未得的眼睛啊！

然而，其后一周里，都没有夫人的音讯。过了两三天，来了一张"优雅"的感谢信。失算了的俊辅从悠一口里知道这事后显得很狼狈。但是到了第八天，悠一接到夫人一封厚厚的信。

第六章 女人们的不如意

镝木夫人看着身边的丈夫。

十年来没有一次和她同床共寝过的丈夫。谁也不知道他在干什么。夫人也根本不想知道。

镝木家的收入，自然来自丈夫的怠惰和恶行。丈夫是赛马协会理事、天然纪念物保护委员会委员、用海鳝制造盛物袋皮革的东洋海产股份有限公司经理、某西服缝纫学校名誉校长，另外秘密做美元生意。碰到手头拮据，就以类似俊辅一样无害的好好先生为对象，利用绅士的手法干坏事。这一点，有些像搞体育。加之，原伯爵又从做了妻子情夫的外国人那里索取应有的慰问金。例如害怕丑闻的某顾主，未等索取一下子投出二十万日元。

联结这对夫妇的爱情，是夫妇爱的模范，亦即同谋者的爱情。就夫人来说，对于丈夫肉感的憎恶已经成为过去，到今天，这种肉感的憎恶早已褪色而透明，只是将两个同谋犯联结在一起的一条难解的纽带。因为作恶不断使得二人越发孤立，所以需要好歹长期维持着像空气一般的同居生活。两个人虽说打心底里巴望离婚，之所以未能离，就是因为他们两人都想离。原来要实现离婚，只限于有一方不想离这样的场合。

镝木原伯爵一直保有一双打磨得血色很好的面颊。那经过仔细修饰的脸孔和髭须，反而给人一种加工后不洁净的印象。总是睡不醒的双眼皮眼睛，眼珠不安地转动着。面颊时时如风扫水面一般荡起皱纹。他总是习惯于用一双白皙的手，不住搓捏面颊滑润的肌肉。他同熟人冷冷地聊着，谈话拖泥带水。碰到不太亲近的人，摆出一副使人很难接近的架势。

镝木夫人又看看丈夫。这是个坏习惯。她绝不看丈夫的脸。每当思考问题，或感到无聊，或觉得厌恶，她这才像病人瞧着自己瘦削的手臂一样，瞥一眼丈夫。可是，看到这般情景的一个蠢货，又捕风捉影地到处散布，说她依然恋着丈夫。

这里是连接工业俱乐部大舞厅的休息室。每月一次的慈善舞会，集合了约莫五百名会员。镝木夫人身穿一件薄薄的玄色晚礼服，前襟上坠着一副假珍珠项链。

夫人邀请悠一夫妇参加这次舞会。厚厚的信封里装着两张票和数十页白纸。悠一将带着何种表情阅读那些空白信呢？其实他哪里知道，夫人把一口气写下的热情洋溢的信笺一把火烧了，随后又将相同张数的白纸装进了信封。

镝木夫人是个性格猛烈的女人，从不相信女人会有不如意的事。

违背道德的懈怠立即将她引入不幸，正如萨德侯爵小说《朱丽叶》中的女主人公被预言的那样，自打夫人和悠一共度良宵的那个晚上起，她就感到自己十分懈怠。接着就是一个劲儿生气。她想，和那个无聊的青年在一起的几个小时是浪费时间。不仅如此，她还把自己懒惰的理由硬是归咎于这一点上，认准了是因为悠一缺乏魅力的缘故。这种思想带来了一时的自由，但是，当她感觉在她眼中这世界所有男人都失去魅力的时候，不由惊叹起来。

恋爱使我们切身感到，人原来是这样毫无防备，想到过去一无所知的日常生活，会使人战栗起来。恋爱使人变得规规矩矩，其原因就在这里。

按世间一般惯例看，这或许是一个跨进母亲年龄的人的表现吧，镝木夫人感到悠一心中有一种妨碍母子之爱的禁忌。本来，夫人每想起悠一，心情总像一位在世的母亲思念死去的儿子一般。可是，夫人却在美青年不逊的目光里，发觉这是不可能的。然而，以上这些征兆，不正说明她已经开始爱上这种不可能了吗？

这位骄矜的夫人声称从未梦见过男人，却梦见了悠一那一开口就愤愤不平的天真可爱的小嘴。这样的梦，预示着自身的不幸。她开始感到必须保护自己。

传说中这位夫人对任何男人一周之内必然要通段勤的，但却给了悠一一个例外的恩惠。除此再没有别的因由和办法了。夫人想忘掉，不再见面。她随便地写了一封长信，也不打算投寄，一边笑一边写。她用半开玩笑的口气一直写下去，回头重读一遍，她的手颤抖了。她害怕再读下去，划根火柴烧了。火势很猛，她连忙打开窗户，扔到大雨潇潇而降的庭院里。

点燃的信纸正巧落在檐下的干土和水洼的分界线上，信纸继续燃烧，她感到这段时间似乎很长。夫人无意中捋一捋头发，她看见指尖上沾着一点白色，那是不该染上头发的微细的纸灰。

……镝木夫人意识到下雨，她抬起眼来。乐师换班时音乐停止了，震动地板的脚步声听起来像骤雨猛降。透过通往阳台的出口，可以看见外面的夜景，那只不过是由星空和高层建筑闪耀着斑驳灯光的窗户构成的平庸的都市夜景。夜气流进来，然而，沉迷于歌舞和酒香之中的众多妇女，依旧无动于衷地裸露着白嫩的肩膀，脚步轻盈地来来往往。

"是南君！南君夫妇来了。"

镝木说。夫人看见悠一和康子站在杂沓的入口处，正向休息室里张望。

"是我叫他们来的。"她说。康子首先分开人群向镝木夫人桌边走来，迎接她的夫人的内心是安详的。

上次，她只看到悠一而没有看见康子时，夫人对没有到场的康子甚感嫉妒，现在看见悠一就在康子身旁，反而心绪安然，这是为什么？

她几乎不看悠一，遂将康子引到身旁的椅子上，满口夸奖她的衣服如何艳丽。

康子的父亲在百货店采购部能买到廉价的进口衣料，她很早就为这次秋季的晚会定做了服装。晚礼服是象牙黄的波纹绸。宽阔的裙裾展开来，充分显现了波纹绸严冷的量感，那些流光溢彩的纹络，眯缝着沉静而死寂的纤细的眼眸。胸前装饰着一轮卡特来兰[1]，薄紫的花蕊围绕一圈仄黄、淡红或纯紫的花瓣儿，尤其突显了兰科植物所特具的那种妩媚、娇羞的魅力。颈项上戴着黄金锁子串连的印度产小坚果的颈饰。从那深深隐藏于肘间的青蓝色的手袋里，以及胸前的卡特来兰上，弥散出雨后空气般爽净的香水味儿。

悠一为着夫人不肯瞧一眼自己而惊讶。他跟伯

---

1 在普鲁斯特之后，卡特来兰成为性的象征。

爵打了招呼，伯爵以日本人罕见的眼神阅兵似的对他点点头。

音乐响起来了。这张桌边椅子不够，空闲的椅子早被别桌的年轻人搬走了。总得有人站着，自然是悠一站着身子。他喝着镝木递过来的冰镇威士忌，两个女人都要了可可酒。

音乐从黯淡的舞厅里传出，雾一般弥漫着走廊和休息室，阻断了人们的谈话。四个人略微沉默了一会儿，镝木夫人突然站起身来。

"只一个人站着，太难为情啦，我们跳舞吧。"

镝木伯爵沉郁地摇摇头，他对妻子的这个举动甚感惊愕。每次到舞会上来，他们夫妇从未一起跳过舞。

夫人的这个邀请看起来明显对着丈夫，然而悠一看见丈夫似乎出于当然的拒绝，他发现这种拒绝夫人也并非完全没有预料到，为了礼仪，他想应该马上主动约请夫人，因为他明白，夫人很想同他跳舞。

他犹豫地看看康子，康子像个循规蹈矩的孩子，当场下判断，说：

"这不好，还是我们跳吧。"

康子向夫人行了注目礼，将手提包搁在椅子上，站起身来。这时，悠一无意中用两手抓住夫人站起身来之后的椅背，因此，夫人再次就座时，稍稍将他的指尖儿夹住，悠一的手指暂时挤在她突露的脊背和椅子之间了。

康子没有注意这些，两人穿过人群跳起舞来。

"镝木先生的夫人最近变了，变得不是十分冷静了。"

康子说着，悠一默然不语。

他知道就像上回在酒吧一样，夫人正像一名卫士，从远处毫无表情地注视着他跳舞的身影。

康子时时留心不碰坏胸前的卡特来兰，所以两人的身子保持着一些距离。康子为此有些歉意，悠一则对这个障碍物很感庆幸。但是，他一想到男人用自己的胸脯压挤这轮高价的花朵该是多么高兴时，这种想象中的热情骤然使他心灰意冷起来。没有热情的行为，哪怕有一点点浪费，在别人看来，也只能是于吝啬和礼节的掩盖下，不得不如此谨小慎微敷衍一下罢了。但若是毫无热情地压挤这朵鲜花，似乎又是不合乎一切道德的不正行为啊……这样一想，压挤两人胸脯间正在灿烂开放的美丽的鲜花，这种大煞风景的企图就变成他的一种义务了。

跳舞人群的中央部分最拥挤，使得好多情侣尽量身体紧靠着身体，仿佛得到一个体面的借口，越发密集起来。悠一每当跳擦步时，就像游泳选手用胸脯切水一样，将自己的胸脯从康子的鲜花上斜切过去。康子的身子神经质地动着，她是在爱惜兰花。较之被丈夫紧紧抱在怀里跳舞，还是保护兰花不被挤坏更为重要，女人这种理所当然的用心，使得悠一感到一阵轻松。既然对方有如此想法，悠一终归是悠一，只管扮演一位热情洋溢的丈夫好了。音乐时时变得热烈起来，青年一种不幸的狂热的念头充满心间，他发疯似的紧紧抱住妻子，妻子猝不及防，那朵洋兰花被无情地挤碎了，耷拉下来。

但是，在一切方面，悠一这种反复无常的表现都带来了好结果。不用说，康子稍稍感到了幸福，她温存地对着丈夫斜睨了一眼。不仅这样，她还像士兵炫耀勋章一般，故意让人们看到那朵挤碎了的鲜花，一面以少女的脚步急急回到原来的桌边。"哎呀，怎么才跳第一回，兰花就给挤坏啦？"她多么想听到这种揶揄的话语啊！

一回到桌边，就看见四五个熟人围着镝木夫妇谈笑风生。伯爵打着哈欠默默喝酒。和康子的想法不同，镝木夫人一眼就看到她胸上挤碎的兰花，可是什么也没说。

她一面吸着妇女专用的细长的纸烟，一面注视着康子胸前压坏了的兰花。

悠一同夫人一跳起舞来，就急忙用一副担心的语调直率地说道：

"谢谢您赠给的票，因为什么也没写，就和妻子两个一起来了。这样可以吗？"

镝木夫人撇开他的问话：

"什么妻子不妻子，这词儿不合时宜，为什么不称'康子'？"

夫人当着悠一的面不肯放过对康子直呼其名的

最初机会，果真是事出偶然吗？

夫人再次发现悠一的舞姿不仅精巧动人，而且是那样轻盈、真率。他的每一瞬间都使她感觉到那种俊美的青春的傲岸，这种感觉仅仅是夫人的幻影呢，还是那副真率和傲岸本是出自一体的呢？

"世上一般男人只能勉强引起女人的注意。"她想，"这青年在吸引女人上仅凭一点儿零头就足够了，他是打哪里学来这套秘诀的呢？"

不一会儿，悠一问起那封信为何只有几张白纸，他的这一不带任何疑念的天真的询问，使夫人重新想到那封白纸信来。她如今更加觉得羞愧，因为那封白纸信也并非完全不含有一点儿卖弄风情的技巧。

"没什么，我只是笔头拙笨罢了……当时我确实有好多话，可以写满十二三张纸哩。"

悠一觉得她的若无其事的回答是想把话题岔开。

悠一大感不解的是信为何第八天才到。俊辅说只限于一周之内，于是他联想到这回考试不及格了。到第七天还是没有任何动静，这使他的自尊心大受伤害，他觉得经俊辅扇动起来的自信被推翻了。他确实不爱对方，但又如此想获得她的爱，这种心情倒是第一次有。当天，他甚至怀疑，自己难道真的一点儿不爱镝木夫人吗？

白纸信使他惊讶。镝木夫人不知为何害怕在没有康子在场的情况下单独见到悠一？（看来，假定悠一是爱康子的，她或许害怕终究会损伤悠一的心情吧。）信中所附的两张票更使他感到惊讶。他给俊辅打电话，没想到这位勇于献身的好事者，虽然不会跳舞，相约也要参加这次舞会。

俊辅还没有来吗？

两人回到座位上一看，侍者已经搬来好几张椅子，男女近十人将俊辅围在中间。俊辅向悠一笑了笑，这是朋友的微笑啊！

镝木夫人看到俊辅的身影大为震惊。大凡熟悉俊辅的人不但感到惊奇，而且早已议论纷纷了。桧俊辅现身这种每月一次的舞会还是头一遭呢。是谁的力量使得老作家犯了这种不择场合的错误呢？但是，这种臆测应该说只是外行人的想法，不择场合正是敏锐的作家必具的才能，只是俊辅避讳将这种才能运用到生活中来罢了。

康子不太习惯喝洋酒，她有些醉意，便天真地将悠一的一些琐事抖搂出来。

"阿悠近来可爱时髦啦，买了梳子，一直装在里边口袋里，一天之中不知要梳几遍头呢。我真担心他会很快成为秃子。"

众人表扬了康子对悠一的感化，漫不经心地笑着的悠一，神情蓦地黯淡下来。买梳子这件事，是他无意识形成的最初的习惯，大学时代课堂上无聊时，经常于无意之中拿出梳子梳梳头。如今在这么多人面前，经康子一说，这才感觉到自己的变化，已经是将梳子暗暗藏在里面口袋里了。他发现，当初就像狗从别人家里衔回一根骨头一样，连梳头这种琐细的习惯，都被他从那个社会带到了自己家里。

然而，康子将新婚不久的丈夫的变化归结于自己来考虑，这是当然的事情。有一种游戏，把一幅画里的数十个小点结合在一起，就会忽然改变原画的意义，浮现另外一种影像。但是偶尔将最初的点数结合起来，只不过是无意义的三角或四角。不能怪康子糊涂。

俊辅看不出悠一心情放松，他小声说道：

"怎么啦？被恋爱搞得神魂颠倒的。"

悠一起身到走廊上去，俊辅也若无其事地跟了出来。俊辅说：

"镝木夫人眼睛潮润了，你注意没有？令人惊讶的是，那女人已经变得精神性了。她和精神的东西有缘，恐怕是平生第一次吧。这倒也能为恋爱起到奇异的补充作用，完全不具有精神的你，产生了一种反作用。我逐渐明白了，你认为能从精神方面爱女人，这是妄想。人不能玩出这种聪明的把戏来。你在肉体和精神两方面都不能爱女人。正像自然美君临人类一样，你应该用同样的方法，亦即凭借精神的完全不存在去面对女人。"

——俊辅这时候无意之中发现，他已经无可奈何地把悠一看作自己精神的傀儡了。当然，这是在他一流的艺术性的赞美之下——"人们不管是谁，总是最喜欢自己难以对付的人。女人也是这样。看今天镝木夫人情思满怀的样子，她似乎全然忘记了自己肉体的魅力了。直到昨天为止，你这小子比任何其他男人都更令她难以忘情啊！"

"但是早已过去一周了呀。"

"例外的恩惠嘛。这是我所看到的第一次例外。首先，这个女人无法掩饰自己的恋情。你看到没有？她刚才在椅子上放的那只佐贺锦孔雀刺绣小手提包，和你一同回来之后又移到桌子上去了。她一边认真仔细地查看桌面，一边把包放了上去。尽管如此，她还是眼睁睁地把包放进一汪酒水里了。你以为那女人一到舞会上来就兴奋非常，那就大错特错了。"

俊辅递给悠一一支香烟，又接着说：

"看来她还要等一段较长的时间。目前你是安全的，她引你不管到哪儿都是安全的。因为你已经结婚，而且新婚燕尔，有安全的保证。不过使你安全待着并非我的本愿。等等，回头我还要给你介绍一个人呢。"

俊辅巡视一下周围，他在寻找穗高恭子。十多年前，她也像康子一样，抛掉俊辅结了婚。

悠一蓦然用另一个人的眼光瞧着俊辅。俊辅站立在这个充满青春活力的、华丽的世界中央，看上去就像一个死人在物色着什么。

俊辅的面颊上沉淀着铅锈一般的颜色。他的眼珠失去了光亮，从黝黑的嘴唇里可以窥见那排过分整齐的假牙，犹如残留于废墟上的白墙，显得异样鲜明。但是，悠一的感想也是俊辅的感想。俊辅了解自己。他自从见到悠一之后，虽然活在现实之中，就已经决心进入棺材了。他在从事写作时，看起来世界是那样明净，人事是那样清晰，不是因为别的，而是因为在这一瞬之间他已经死了。俊辅的种种愚行，不过是一个死人企图重新回归现实生活的拙劣的酬报罢了。就像回到作品中一样，他既然使自己的精神进驻到悠一的肉体里，就是决心想使精神从阴郁的嫉妒和怨恨之中解放出来。他想寻求十全十美的回归。总之，他想，作为一个死去的人，能在这个世界得以复活该有多好。

用死人的目光观看时，他发现现实世界是一个多么澄明的机构啊！他人的爱情又是多么准确无误地可以透视出来！在没有偏见的自由自在的情况下，世界变得像小小玻璃机器一样了。

……但是，这位老丑的死人心里有时也涌动着一种不甘于自我束缚的情绪。如今，他听到七天之中悠一那里毫无动静，便因为受挫和估计不准而显得有些恐惧和狼狈，但同时又有几分快意。这种快意和刚才的痛楚如出一辙，那痛苦正是他从镝木夫人表情里看到的一种不折不扣的恋情而引起的。

俊辅发现了恭子的身影，不巧又被某出版社社长夫妇抓住郑重地寒暄起来，使得他无法到恭子那里去。

满满堆积着节目抽奖奖品的桌子旁边，一位白发外国老绅士和一个身穿旗袍的美丽女子站在那里有说有笑，她就是恭子。每当发笑的时候，她的嘴唇就像水波一样在洁白的牙齿周围轻柔地一开一阖。

她身上的旗袍是白色的缎子，上面浮现着龙纹。金质的领卡和纽扣，长裙拖曳下若隐若现的舞鞋也是纯金的。翡翠的耳环不时摇荡着星星翠绿。

俊辅刚想接近，又被身穿晚礼服的中年女子拉住了，她一个劲儿搬弄一些艺术方面的话题，俊辅对她漠然而视。他目送那个女人的背影，看到那磨刀石一般扁平、瘦削的脊背光裸着，厚厚的白粉下面并排着一对灰色的贝壳骨。俊辅想，艺术为何要为这种丑陋留下口实？这竟然也是社会公认的口实啊！

悠一神情不安地走过来。俊辅看到恭子还在和那个外国人站着聊天，用眼睛向那边示意了一下，小声对悠一说：

"就是那个女人。她是个美丽、活泼而时髦的贞女。不过我听别人说她最近和她丈夫关系不太好，今天是同另外一帮人一块儿来的。我就介绍说你没有带夫人而是一人单独行动，你也姑且装糊涂。你必须和她连续跳五支曲子，不能多，也不能少。等跳完之后分别的时候，你就说你其实是同夫人一道来的，开始时没有照实说，是怕说了你不愿意和我跳下去，所以就撒了个谎，很对不起。你说话要尽量富有情趣。那女子若原谅你，你的印象就会变得神秘起来。此外，你也可以说几句恭维话，她最爱听别人夸奖她笑容很美。她从女校刚毕业时，一笑就露牙龈，样子不好看。但其后十多年，经过反复训练，很有成效，即便开怀大笑也看不见牙龈了。那副翡翠耳环也可以夸赞一番，她很善于映衬出领口雪白的肌肤。还有，最好不要说些什么性感之类的话。她喜欢清纯的男人。说起来她的乳房倒是很小，你看，她那漂亮的胸脯其实就是一件装饰品，没错，肯定是用海绵什么充填起来的。欺骗别人眼目，也就是美好的礼仪啊！"

那个外国人同另外一伙外国人说话去了，俊辅走到恭子身边向她介绍悠一。

"这位是南君。从前他托我给你介绍，一直没找到机会。他还在上学，不过已经有了夫人，好可怜啊！"

"哎呀，真的？这么年轻？近来大家都在赶早儿哪！"

俊辅说："他婚前就托我介绍，现在南君还一直埋怨呢。他结婚一周之前，在秋天最初的舞会上第一次见到过你。"

"这么说，"恭子一时不知说什么好，这时悠一瞅瞅俊辅的脸，他今天是第一次到舞会上来，"……这么说，还刚结婚三周呀。那天的舞会很热呀。"

"所以最初一见到你，"俊辅用十分武断的语气说，"他就产生了孩子般的野心。他想在结婚前务必找机会，同你连跳五支曲子。哎，对吗，悠一？不要脸红嘛，要是能这样，就能不留任何遗憾地结婚啦。结果未能如愿以偿，就和未婚妻结了。如今，他还是不死心，一个劲儿责备我。这都怪我不好，谁叫我一时不小心说认识你呢……今天，你可知道，他就是为了这个没有带夫人，而是单独来了。就请你满足他的愿望吧，行吗？连跳五曲，使他了却一桩心事吧。"

"这事好办。"——恭子看不出有什么难为情，豁达地答应了，"只要没找错人就行。"

"好，悠一君，那就跳吧。"

俊辅向休息室注意了一下，对悠一催促道。于是，两个人走进舞厅微明的中央。

在休息室一角，俊辅被一位熟人的家属拦坐在椅子上，从这里隔三四张桌子正面可以看到镝木夫妇的位置。他看见镝木夫人在外国人护送下回到桌边，向康子行了目礼后在她对面坐下来。这两位不幸的女人的倩影，远远看去带有故事中的风情。康子胸前已经没有兰花了。黑衣女子和象牙黄女子，漠然交换一下眼色，沉默不语。就像一对招牌。

从窗外看到别人的不幸，比起在窗内看到的更加美丽。这是因为，不幸很少能越过窗棂扑向我们……音乐的专制支配着集合的人群，这是秩序在起作用。音乐以类似深深疲劳的感情驱动着孜孜不倦的人们。俊辅想，音乐的旋律流动之中，音乐也有一个不可侵犯的真空的窗户，自己正在透过这个窗户望着康子和镝木夫人。

俊辅现在的桌子上，十七八岁的少男少女在谈论电影。原参加特攻队的长子，穿着时髦的西服，给自己的未婚妻讲述汽车的发动机和飞机的发动机有什么不同。母亲对自己的朋友谈论一位很有天才的寡妇，她把旧毛毯重新染色，改做成漂亮的购物袋，接受订货。这位朋友是原财阀的夫人，自从在战争中死了儿子以后，一直热衷于研究心灵学。这家的主人不住地劝俊辅喝啤酒，反反复复说道：

"怎么样？把我们全家都写进小说里吧。要是能事无巨细，一个不漏地描写一番就好啦。……您看，我的妻子，还有他们，都是些怪人。"

俊辅微笑地看着这个家庭里心直口快的成员。很遗憾，家长的自豪实在有些不得当。经常有这样的家庭，互相谁都找不出有何不同之处，没办法只好全家人一起耽读侦探小说，以治愈"健康的饥渴"。

老作家有他自己的地方，他该回到镝木夫妇的桌旁去了。长时间离开座位，他怕自己被怀疑是悠一的同谋。

他走到桌旁，康子和镝木夫人老是被别的男人请去跳舞，俊辅就在独自被撇在一旁的镝木身边坐下了。

镝木也没问他到哪儿去了。他劝俊辅喝冰镇威士忌，问道：

"南君在哪里？"

"啊，刚才还在走廊里见过他呢。"

"是吗？"

镝木在桌面上叉着双手，竖起两根食指仔细观看。

"哎，请看！不会在颤抖吧？"

镝木对着自己的手，用眼睛向俊辅示意说。

俊辅没有回答，他看看表。五支曲子大约需要二十分钟，加上刚才在走廊上的时间，一共是三十分钟光景。对于一个新婚燕尔、首次同丈夫一起来参加舞会的年轻女人来说，这三十分钟绝不是一段容易度过的时光。

一曲终了，镝木夫人和康子回到桌旁。两人无意中都脸色苍白。她们眼里所见逼迫自己作出不愉快的判断，又各自不愿说出来，所以变得寡言少语。

康子想起那个同丈夫已经亲密跳过两遍的穿旗袍的女子。她刚才一面跳舞一面对着丈夫微笑，也许他未注意到吧，悠一没有回过她一个笑脸。

订婚阶段，康子不断为"悠一有无其他女人"这个问题所折磨，这种猜疑随着结婚烟消云散了。也许她这样做是对的，她用新获得的逻辑的力量使得这个猜疑自行消解。

……康子有些无聊，她把紫色的手套脱下又戴上。她戴手套时，眼睛里闪现着若有所思的神色。

是的，她凭借新近获得的逻辑的力量解开了心中的疑惑。康子在 K 町时从悠一忧郁的表情上预想到的不安和不吉利，婚后再一想想，一种天真少女的自负帮助了她，康子觉得一切都应归咎于自己。她认定，他之所以苦恼得夜不成寐，是由于她没有主动答应他的缘故。这样一想，那使得悠一感到无比痛苦的风平浪静的头三个晚上，就是他爱着康子的最初的明证。那时候，悠一肯定在同欲望苦斗。

这位非凡的自尊心极强的青年，定是害怕遭到拒绝才那样按兵不动的。对于一个紧紧团缩着身子、磐石一般默然不响的无邪少女，三个夜晚他都没有出手。康子自然明白，没有比这更能证明悠一是纯洁的了。对于订婚时代自己怀疑悠一有其他女人的幼稚想法，眼下完全可以获得嘲笑、轻蔑它的权力。

回娘家更是一种实实在在的幸福。悠一在康子父母眼里越发是个保守型的青年。这位在应对女客方面大有作为的美青年的前途，将在岳父的百货店里获得确实保证。这是因为他孝顺、纯洁，而且更为可贵的是，有一副尊重世俗体面的气质。

婚后开始上学那天，晚饭后悠一第一次很晚才回家，听他说是被一个坏同学硬逼着请去吃饭了。康子未等深通世故的婆婆开口，就急急忙忙替丈夫说情，说交朋友就是这么一回事。

……康子又脱下紫色的手套，突然一阵不安袭上心头。她眼前正像看到镜子里的自己一样，发现镝木夫人也带有一副同样焦躁的目光。康子很害怕，她的不安不正是夫人那种莫名其妙的忧郁情绪所传染吗？她对这位夫人之所以怀有某种亲爱之情，莫非就是因为这些？不一会儿，她们两人又分别被人请进舞场。

康子看见悠一还在同那个穿旗袍的女人继续跳舞，这回她没有对他微笑，目光转移开了。

镝木夫人也看到了同样的情景。夫人不认识那个女人。就像戴一副假珍珠项链只能露出一端来一样，夫人那种爱好嘲笑的精神，使得她对这种公然在"慈善"的幌子下举办的舞会感到厌恶，从未参加过一次，所以没有机会结识作为一名干事的恭子。

悠一跳完了约定的五支曲子。

恭子陪悠一回到自己一伙人的桌子旁边。他在思忖，妻子没来这一谎言何时对她坦白出来好呢？他一时心中没底，显得有些六神无主。这时，刚才老是到镝木夫妇桌旁去的一位心直口快的同学，来到这里见到悠一，一句话揭了底。

"哎呀，你这小子真坏，撂下夫人不管！康子女士一直独守在对过的桌子旁边呢。"

悠一看看恭子的脸，恭子也看看悠一，马上转过眼睛。

"快回去吧，太可怜啦！"恭子说。这句劝告不失理性，又合乎礼仪，悠一有些不好意思，脸涨得通红。一种廉耻之心时常能够激起一股热情，美青年猛然站起身来，这种勇气连他自己都感到惊奇。他随即将身体挨近恭子，把恭子带到墙边，说有话对她讲。恭子眼里充满愤怒，冷然以对。假若悠一能感觉到自己勇猛的动作正说明热情的质量，也就会理解这位漂亮的女子不由自主、鬼迷心窍地从椅子上站起来随他而去的缘由。悠一那双天生黯淡的眸子，含着深切的歉意，心情颓唐地说道：

"对你撒了谎，实在对不起。可我没办法，我想要是说了实话，你就不会和我连续跳上五支曲子了。"

恭子对这位青年深藏在内心的真正的纯洁瞠目而视。她满含热泪，以宽恕之心作出一个女人所能达到的牺牲，及早原谅了悠一。悠一急匆匆向妻子等待的桌子走去，恭子目送着他的背影，这位易于动情的女子连他上衣背后微细的襞褶都铭记心中了。

悠一在原来的地方见到正兴高采烈地和男人开玩笑的镝木夫人，以及不得已随声附和的可怜的康子，还有准备回去的俊辅。俊辅在这伙人面前必须避免同康子见面，所以老作家盯着悠一看了看，急急忙忙回去了。

悠一当场有些困窘，他提出要送俊辅到楼梯口。

俊辅听到恭子的情况，放心地笑了，他拍拍悠一的肩膀，说：

"今晚不要跟男孩子玩啦，为了抚慰夫人的心情，今夜里必须完成那个义务，懂吗？几天之内我还会叫恭子在某个地方'偶然'遇到你。到时候再联系。"

老作家生龙活虎地握了握手，他独自顺着铺有大红地毯的楼梯径直走到中央出口，不小心插进口袋里的手指受伤了，是那枚传统风格的蛋白石领带别针刺伤的。原来之前为了接悠一夫妇路过南家时，他们夫妻已经走了，悠一的母亲将这位大名鼎鼎的贵客让进客厅，为了表达心意，把亡夫的这件遗物赠给了俊辅。

俊辅高兴地接受了这件落伍于时代的礼品，他想她回头一定会告诉悠一的。他想象着这位母亲会不会这样对儿子说：

"送上这件东西，你就可以自豪地同他交往下去啦。"

老作家看着手指。一滴血像宝石一般凝结在指尖上。他很久没有在自己的肉体上见过这种颜色了。

他甚感惊讶于命运的捉弄，只要是女人，即使上了年纪，又得了肾脏病，就必定会有一天冷不防刺伤他的肉体。

第七章　出场

　　悠一在这家店里，不问住址和身份，被大家称呼为阿悠。这里就是阿英给他画了一张幼稚的地图，等他见面的那家店铺。

　　这家位于有乐町一角、名叫罗登的极为平凡的咖啡店，自打战后开张以来，不知何时变成了这类人的俱乐部。但是不知底里的一般顾客也结伴而至，喝罢咖啡，依然一无所知地离开。

　　店主是第二代混血儿，一个四十岁光景的英俊男子。大家都习惯管这位生意人叫洛蒂。悠一进店后从第三回起也称他洛蒂了，他是学阿英才这么叫的。

　　他是银座一带二十年来的老面孔，战前在西银座开设了一家叫布鲁丝的店，除女孩子外，还使唤两三个美少年，所以打那时候起，经常有男色家进出洛蒂的店。这条道上的人，在区分同类上，都具有动物一般天赋的嗅觉，又像蚂蚁见到砂糖一样，从不会放过一个能够酿造此种气氛的场所。

难以置信的是，洛蒂在战争结束前，一直不知道有此类秘密的社会存在。他有老婆孩子，至于对别人的爱情，他认为只不过是他个人的一种偏奇的毛病。他只是出于自己的兴趣，放些美少年在店里。可是战争结束，他在有乐町一开设罗登，就一下子会聚着五六个美少年，因此他的店在这类人之间很有名气，终于成为一种俱乐部。

知道了这些后，洛蒂苦练经营方法。他发现此类人为了抚慰那颗孤独之心，一旦来店就再也不会离开。他把客人分成两类：一类是年轻有魅力，他们的到来具有磁石般的吸引力，可使店内生意红火；一类是趾高气扬的富豪，一到店里就被磁力紧紧吸引，动辄一掷千金。洛蒂为前者吸引后者繁忙地工作。一次，一位名义上的年轻客人，被主宾领到酒店，结果又从酒店门口逃回来，这青年虽说是店里的老熟人，可还是被洛蒂好一顿叱骂，悠一看到这番情景惊叹不已。

"你把洛蒂的脸面丢光啦！嗯？这样的话，无论如何再也不能让你伺候好人啦！"

洛蒂每天早晨化妆要花两小时，他有男色家特有的爱吹嘘的癖好，说："被人一直盯着脸实在太难为情。"凡是看他脸的男人都被洛蒂视为对自己有意的男色家，可是连幼儿园的孩子在街上遇到他，都会惊愕地回头看。这位四十岁的男人穿着马戏团风格的西装，时髦的考尔曼式胡须[1]要是哪一天刮得仓促，左右两边的粗细和方向会不一样。

这帮人大约日落以后开始集中，店里的扩音器不住地播送舞曲唱片，特别注意不使秘密话题进入一般顾客的耳朵。洛蒂总是坐在最里头的椅子上，碰到那种肯花钱、讲排场的大款，这位店主会立即走到柜台前看账单，鞠躬如也，亲自"伺候算账"。享受这种"宫中礼法"的客人必须预先想好，算账时要支付高出账单两倍的钱。

每当有人开门进来，客人们就一齐朝他望去。

1　美国电影演员罗纳德·考尔曼蓄的短而整齐的八字胡。

进来的男人一瞬间置身于众目睽睽之中。谁敢保证梦寐以求的理想，不会由这座向着夜间街道敞开的大门突然变成现实呢？然而很多场合，投过去的视线立即褪色而表现出不满来，于是鉴定就在最初的一瞬间结束了。那些一无所知的年轻顾客，假如没有唱片的骚扰，一旦听到了每个桌子对自己所作的切切私语式的品评，一定会吓破了胆吧。听那伙人都说些什么："什么呀，没啥了不起。"——"看那副长相，一边儿待着吧！"——"看那蒜头鼻子，想必那个玩意儿也不会大！"——"小瘪嘴儿，谁瞧得上你！"——"嗬，领带倒是有点儿意思。"——"总之，性的魅力完全等于零！"

每个夜晚，这里的观众席面对空荡荡的夜路，那里总有一天会出现奇迹。说是宗教式的大体不差，这种等待奇迹出现的虔敬的氛围，比起今天马马虎虎的教堂来，在这种男色俱乐部香烟的雾气萦绕之中，反而能以更加朴实的形式直接品味到。玻璃门面对的广大的空间，是他们观念上的社会，是被认为遵照他们的秩序的大都市。条条道路通罗马，无数条看不见的道路，都从一个个如夜空点点明星的美少年那里通向这家俱乐部。

霭理斯[1] 说：女人为男人的力量所迷惑，但她们对男性的美缺乏定见，可以说是一种近乎盲目的钝感，故和正常的男人对于男性美的认识没有太大差别。对于男性固有的美，最敏感的只限于男色家，希腊雕塑的男性美的大系开始在美学上的确立，则有待于男色家温克尔曼[2] 的出现。一个正常的少年，一旦受到男色家热烈的赞美（女人不会如此肉麻地赞美男人），就会变成一个梦幻的那喀索斯。他就会把自己作为赞美的对象扩展自己的美，树立男性一般美学的理想，成为一名像样的男色家。先天性的男色家与此相反，从幼年时代起就怀抱着理想，他的理想是肉感和观念尚未分化的真诚的天使，这种理想可以说和通过亚历山大葡萄发酵般的醇化而完成的宗教官能性的东方神学很相似。

---

1 霭理斯（1859—1939），英国性心理学家。著有《性心理研究》《性本能分析》等。

2 温克尔曼（1717—1768），德国古典主义美学家。著有《古代艺术史》等。

同阿英相约的悠一，于晚上九时最热闹的时刻来到店里。在他系着枣红色领带、身穿深蓝色外套走进店门的一瞬间，一种奇迹出现了！他在本人不知不觉的这一瞬之间就确立了霸权的地位。悠一的出场成为罗登后来长久不衰的话题。

当晚，阿英及早下班，一跑进罗登，就跟青年伙伴们说：

"我前天晚上在公园碰见一个，帅极啦。当夜跟他玩了一把。我从来没见过这么漂亮的人。他马上就来，叫阿悠。"

"长什么模样？"

一个自认为是最美少年的、名叫绿洲的孩子，带着挑剔的口气问。他本是绿洲舞厅的侍者，穿着特请外国裁缝制作的草绿色的双排扣西服。

"什么模样？一副轮廓鲜明的男子汉的面孔。目光敏锐，牙齿洁白、整齐，侧影显得很精悍。身体很棒，肯定是个运动员。"

"阿英，你把他引来，我们都要掉价啦。你说玩了一把，究竟是多长时间？"

"三个小时。"

"不得了啦，还说玩了一把。三个小时就一把，没听说过。看来要进疗养院啦。"

"不过对方很强，床上功夫忒厉害！"

他合起双手，将手背靠着面颊，故作矫情。扩音器不时播放着康茄舞曲，他猝然站起来，动作猥琐地跳了一段。

"哎，阿英给吃掉啦？"一直在倾听他们谈话的洛蒂问道，"那小子来吗？长什么模样？"

"讨厌，老色鬼马上就来劲儿了。"

"要是个好小子，就请他喝杜松子酒。"洛蒂吹着口哨吼了一句。

"想用一杯杜松子酒引他上钩，老率子实在够讨厌的。"阿君说。

"率子"这词儿是这个社会的一个隐语，意即为金钱而卖身，有时又转化为吝啬的意思。

此时店里正是上客的时候，挤满了相互熟悉的男色家。假如这时有一般客人进来，看不见女客也认为是偶然的，发现不了任何异样的征兆，这里有老人，有伊朗商人，另外还有两三个外国人，有中年男子。还有一对显得有些拘谨的年轻同伴，他们抽烟点火时，相互交换吸了一口。

也不是完全没有征兆，据说男色家脸上都有一种难以拂去的寂寥的神色。还有，他们的视线里共存着媚态和审视这两种目光。就是说，女人对于异性的媚态和对于同性的审视的目光是分开来使用的，而男色家是同时将两种目光投向对方。

阿君和阿英被伊朗人招呼到桌子旁边，这是洛蒂对他们耳语的结果。"喏，特别招待。" —— 洛蒂推了一下两人的脊背。"一个谈不拢的老外！"阿君不情愿地嘀咕着，走到桌旁，他用平常的语调问阿英，"这个人懂不懂日语？"

"看那样子似乎不懂。"

"一窍不通。又像上回一样。"

两人来到外国人面前干杯，"哈罗，达令，这个蠢货！""哈罗，达令，这个老色鬼！"一唱一和。于是，外国人笑笑说："小色鬼和老色鬼正好谈得来。"

阿英显得十分不安。他的眼睛三番五次盯着朝向夜间街道敞开的玻璃门。那张用精悍和忧郁的合金雕铸成的脸孔，在这个少年眼里，仿佛在他过去搜集的一枚外国货币上见到过。他怀疑，他是不是传说里的人物呢？

这时，一股青春的力量推开了玻璃门，阻断的夜气爽爽地流泻进来。众人一起抬眼朝大门口望去。

第八章 感性的密林

　　……普遍性的美，一出手就赌赢了。

　　悠一在肉欲的视线里游泳。正如女人从男人们当中走过时所感觉的那样，那种视线可以在一瞬之间使人脱光最后一件衣衫。纯熟的品骘的眼神大体不差。过去，俊辅在海边飞沫中见到的舒缓而宽阔的胸廓，俄而变细的洁净而饱满的胴体，修长而劲健的双腿，无与伦比的纯洁而年轻的光裸着的肩膀，再加上纤细而坚挺的眉毛，阴郁的眸子，还有那纯然少年的嘴唇和整齐而洁白的牙齿所构成的美青年的头颅，看起来那种可见部分与不可见部分相互泛起的调和的美，可以说是无可动摇的按照黄金分割比例的绝妙安排。完美的头颅必须连接完美的裸体。美的断片是美的复原图的预感……怪不得嘴巴挑剔的罗登的批评家们也保持沉默。

考虑到同伙或在店里服务的少年侍者，他避免说出那种无法形容的赞美的心情。但是，这些目光，将往昔他们爱抚的众多青年中最美的幻影，一起拉到难以描画的悠一裸像的身边来了。这里，飘荡着青年们迷幻不定的裸影，还有那种肉体的温热，那种肉体的熏香，那种声音，那种接吻。然而，他们的幻影，一旦置于悠一裸像身旁，就遽然留下羞怯而消泯。他们的美没有脱离个性的范围，而悠一的美，却杂糅个性于一体而光芒闪耀。

他倚着里面黑暗的墙壁，袖着手默然而坐。他感受众多视线的压力，低着双眼。因而，他的美貌里又平添一种天真的联队旗手的风情。

阿英微带歉意地离开外国人的桌子，来到悠一旁边，身子蹭着他的肩膀。悠一叫他坐下，两人相向而坐，目光不知转向哪里。点心上来了，悠一挑一大块奶油水果蛋糕毫无顾忌地张开大口吃起来，草莓和奶酪被那洁白的牙齿咬碎了。少年看着他，自己也仿佛尝到了一种吞噬的快感。

"阿英，给老板介绍介绍嘛。"洛蒂说。没办法，少年将悠一介绍给洛蒂。

"请多关照，今后可要常来呀。这里的人都很好。"店主甜言蜜语地说。

不一会儿，阿英去洗手间，这时，一个衣着气派的中年客人走到里边柜台旁算账。脸上浮现一副无法形容的孩子气，这是一个幽闭的孩子的表情。尤其是眼皮浮肿，面颊带着浓重的乳臭。可是一见到悠一，眼睛里鲜明的青春的欲望背叛了那种拙劣的伪饰。他想扶住墙壁，手却落到了悠一的肩上。

"哎呀，太失礼啦。"

客人说着，马上放开手。但是说话和松手之间有着一瞬的迟疑，也许可以说是一种探索。这种言语和动作间微小的令人不快的脱离，在美青年的肩头留下一个轻轻的印记。客人再次回头望了望，像逃跑的狐狸一般，照着悠一的面孔瞟了一眼走开了。

少年从洗手间回来，悠一把这事讲了一遍。阿英吃惊地说：

"什么？已经来啦？好快嘛。阿悠你呀，被那家伙盯上啦！"

悠一还是悠一，使他惊讶的是，这种装模作样的店和那座公园完全一样，都需要一种敏感的手续。

这时，一个皮肤浅黑的长着酒窝的小个子青年，挽着一个秀丽的外国人走进店里。青年是最近才出道的芭蕾舞演员，外国人是他的法国师傅。他们在战争结束后就互相认识。青年今天的名声大多仰仗这位师傅。这个一头金发、开朗的法国人数十年来一直和比他年轻二十岁的朋友住在一起。据说他一喝醉酒，就开始表演他的拿手好戏，即爬到屋顶上下蛋。这只金发母鸡，吩咐弟子拿着筢篱在屋檐下面等着，把观众召集在月光明亮的庭院内，自己学着母鸡的动作，顺着梯子爬上屋顶，一撅屁股，一拍翅膀，再尖叫一声，于是就有一个鸡蛋滚落到筢篱中。再拍击翅膀，再发一声尖叫，第二个鸡蛋滚落下来。一连掉下四个鸡蛋。客人们捧腹大笑，拍手欢呼。等到宴会结束，客人被送到大门口，看到从主人的裤腿里滚出来一个鸡蛋，掉在石阶上打碎了，这是忘记下了的第五个鸡蛋。这只"鸡"的直肠里能装下五个鸡蛋。阅历肤浅的人，是不可能有这样高超的技艺的。

听了这段话，悠一大笑起来。笑罢，他又负疚般地沉默了。接着问那少年：

"那外国人和芭蕾舞演员交往有好几年了吧？"

"听说前后有四年了。"

"四年。"

悠一想象着桌子对面的少年相隔四年岁月会是什么样子。他确确实实预感到这四年里绝不会再有前天夜里的那种欢喜，那么这说明什么呢？

男人的肉体起伏似平原，一望无边，不像女人的肉体那样，每次散步都能感受新发现小泉的惊喜，再深入进去就会看到美丽晶莹的矿石的洞穴。它是单一的外表，纯粹可视的美的体现。一旦将一切爱欲赌进最初热烈的好奇心之中，随后的爱情只有一种可能——不是埋没于精神，就是轻轻滑向其他肉体。悠一尽管只有一次体验，但他感到自己心里已经有权作如下的推论了。

"假如只有初夜我的爱才能得到完美的展现，那么其后重复拙劣的模仿，只能是对自己和对方两个人的背叛。不能用对方的诚实衡量我的诚实，应该相反。或许我的诚实会使我和不断变换的对手连续度过无限个初夜，然而我的爱只能是一次性的，它是贯穿无数初夜欢喜中的一条经线，不管对谁都是不变的强烈侮辱般的一次性的爱。"

美青年把对康子的人工的爱和此种爱相比较，哪一种爱都不能使他得到安息，而只会使他焦躁不安。他被孤独所袭击。

阿英看到悠一沉默不语，便茫然地瞧着对过桌边一对年龄相仿的青年。他们背靠背坐着。看样子，他们深切感到自己这种难以预料的关系，互相肩并肩、手挽手，似乎在拼命抵御着这种不安。一种预见明日就要死去的战友般的友情，将他俩紧紧联结在一起。其中一个再也忍不住了，亲吻了一下对方的脖颈。不久，两个人急急出去了，刚剃的爽洁的颈项并列着。

阿英双排扣格子呢西装上，打着柠檬黄的领带，张着嘴目送着他们。他的眉毛、眼睛，还有那男偶一般的嘴唇，都被悠一的嘴唇一一光顾了。他看着，"看"这种行为多么残酷！少年身体上的角角落落，就连背上的小黑痣，对于悠一来说都不生疏。这座单纯的美丽房屋的结构，他只进去过一次就全都记住了：哪里有花瓶，哪里有书架。而且可以肯定，这花瓶和书架永远不会改换位置，直到这间屋子腐朽倒塌为止。

少年看到了他的冷淡的目光，在桌子下面紧紧握住他的手。悠一为一种残忍的心情所驱使，一下子甩开了。他多少意识到了这种残酷。悠一那种被妻子强迫之后黯淡而痛苦的心情，使他向往一个具有爱的权利的人所持有的一种愉快的残酷的薄情……于是，少年的眼睛里充满了泪水。

"阿悠如今什么心情我全知道啊。"他说，"你已经对我厌倦了吧？"

悠一连忙否认，阿英仿佛要证明比这位年长的朋友更有经验似的，用颇为老成的断定的口气说道：

"打从阿悠刚进来的时候我就明白。这是没有办法的事。这个道上的人，不知为什么，几乎都是一次性的。我也习惯了，死心啦……不过，我希望阿悠一辈子做我的哥哥，你是我第一个对象，我一生都感到自豪呢……可不要忘了我呀！”

悠一被他撒娇般的哀诉感动了，觉得有些对不起。

他的眼里也噙满泪水。他从桌子下面再次摸到少年的手，亲切地握着。

这时，大门开了，三个外国人走进来。其中一人的面孔悠一还记得，是结婚典礼时从对过楼里出来的那个瘦瘦的男人。他的西服变了，但依然系着水滴花纹的蝴蝶结。他用老鹰一般的目光环顾着店里，显得有些醉意，两手拍得山响，连连叫道：

“阿英！阿英！”

快活甜润的嗓音震动了墙壁。

少年低着头，不愿露出脸来。接着职业般老练地咂咂舌头。

“呸！今晚我说过不到这儿来的呀。”

洛蒂天蓝色的上装前襟一闪动，身子伏在桌子上，低声地怂恿阿英：

“阿英，快去吧，少爷来啦。”

场上的空气惨淡起来。

洛蒂的声音里含有的强迫似的哀诉，进一步加深了这种惨淡的气氛。悠一很为刚才自己的眼泪而失悔。少年迅疾瞥了洛蒂一眼，做了一个孤注一掷的动作站立起来。

决定性的瞬间，往往对于治疗心里的内伤像医药般灵验。悠一如今可以毫无痛苦地看着阿英了，他为自己感到骄傲。少年和悠一的目光很不自然地碰到一起了。他们想巧妙地修正一下分别的瞬间，试图调整两人视线的焦点，但都没有成功。少年离去了，悠一把眼睛移向别处，他发现一位青年优美的眼睛正盯着自己。他的内心一片明净，犹如一只蝴蝶款款飞向那双眼睛。

那青年背靠对过的墙壁站立，穿着粗布作业裤和深蓝色上装，佩戴着胭脂红的领带，看起来要比悠一小一两岁。富有流动感的眉毛和浓密的波浪形的头发，更使他的脸孔别有一番潇洒的情趣。他的眼神像扑克牌梅花 J 里的骑士像，忧郁地忽闪着，不住地向悠一这边递眼色。

"他是谁？"

"他是阿滋，中野地区干货店老板的儿子。倒是个俊男哩，叫他过来吗？"

洛蒂说着，打了个招呼，那位民间王子飘然离开了椅子。他一眼发现悠一正掏出烟来，于是灵巧地擦着了火柴，用掌心护着走了过来。那火影透过手掌，发出玛瑙般的光亮。这使得悠一联想起那位操劳一生的父亲遗传下来的一双朴实的大手。

*

来往于这家店的顾客，身份的转变实在微妙。从第二天起，悠一就被唤作阿悠了。

比起其他顾客，罗登更把悠一看作一位重要的朋友。自从悠一进店那天起，罗登的客人骤然增加，大家不约而同地谈论着这张新面孔。

第三天，又发生一件事情，进一步抬高了悠一的身价，阿滋剃了和尚头来到店里。原来昨夜他和悠一同床共枕，十分快活，他打算用这一头美丽的浓发作为对悠一守身的信物，毫不可惜地剃掉了。

一桩桩侠义事件在这个社会里迅速传扬。大凡秘密结社，其特征就是不能将消息传到外面的世界去。一旦进入这个社会的内部，面对惊人的传播力，是不可能保有一点儿闺房秘事的。为什么呢？这是因为平时百分之九十的话题，都是露骨地报告着自己和别人的闺房消息。

随着见闻的增加，悠一被这个社会出乎意料的广大惊呆了。

这个社会，白天里大家都穿着隐身衣而伫立于社会之中。什么友情、同志之爱、博爱、师徒之爱，什么共同经营、助手、经济人、书生、老板、伙计，什么兄弟、堂兄弟、伯侄，什么秘书、拎提包的、司机……还有种种繁杂的职务和地位，什么经理、演员、歌手、作家、画家、音乐家，还有那些趾高气扬的教授、公司职员、学生，等等，整个男人世界一律穿着隐身衣而站立着。

他们向往无限幸福的世界，由共同的可诅咒的利害结合在一起，梦想着一个单纯的公理。他们巴望男人应该爱男人这条公理，有朝一日能推翻男人应该爱女人这条古老的公理。他们坚强的忍耐力，看来只有犹太民族与之相匹敌。对于一种被侮辱的观念的那种异常执着的程度，也只有这个种族和犹太人颇为相似。这个种族的感情，于战时，产生了狂热的英雄主义；于战后，暗暗怀抱一种颓废代表者的矜持，乱中取利，在龟裂的土地上培育了一小片黯淡的紫堇花丛。

在这个全是男人的世界，却投射下来一个女人的巨大身影。所有的人都隐身于这个看不见的女人的身影之中，有的向影子挑战，有的仔细观察，有的经过抵抗而败北，还有的一开始就阿谀奉承。悠一相信自己是个例外。接着，他庆幸这个例外，他打算努力当好这个例外者。他要极力制止这个奇怪的影子的影响，使之停留于一些无关大局的琐末细事上。例如，频繁地照镜子，街头玻璃橱窗映出自己的身影，也要忍不住回头看一看等小习惯；还有，看戏中间换场时有事无事都要到走廊上转一转等小毛病……说起来，这些也都是一个正常的青年常有的习性。

有一天，悠一在剧场的走廊上看到在这个圈子里颇有名气的歌手，已经娶了妻子。他具有一副男子汉的风貌和身姿，从事多种职业之余，还在自家的场地上练习拳击。他有条件凭借一副甜润的歌喉，引得女孩子喧闹不已。眼下，正有四五个闺阁小姐似的女子围着他团团打转。这时，旁边走过来一个年龄相仿的男子跟他打招呼，看样子是他的同学，歌手猝然拽住那人的手，紧紧相握，（简直就像打架似的）接着又甩开右手，重重地拍一下对方的肩膀。那位严谨而瘦削的男子微微晃动着身子。小姐们你看看我，我看看你，心中窃笑。

悠一看在眼里，这番情景刺伤了他的心。这和以前在公园看到的那些丑态百出、勾肩搭背、扭着大屁股走路的同类正好形成反面对照，这就使得他们隐蔽的相似的原形显影般地浮现出来。这些都仿佛触动了悠一心中的某种不快的情绪。一个唯心论者，会把这称作"命运"。这位歌手对于女人们的一番虚空的矫情媚态，那将整个生活作为赌注，极尽全力使每一根神经末梢都紧张起来的"男性"的演技，暗含着浸透泪水的心酸，令人目不忍睹。

……其后，阿悠不断应约出面，被迫去献殷勤。

过了几天，一个罗曼蒂克的中年商人，仰慕早已声名远播的悠一，千里迢迢从青森跑到东京来。一个外国人通过洛蒂提供了三套西装，还有外套、鞋子和手表。为了一夜情缘，做得有些过头了，悠一没有答应。还有一个汉子，看到悠一身边的椅子空着，假装喝醉了，坐下来，帽檐压得低低的，胳膊肘儿摊开在扶手上，好几次意味深长地捅捅悠一的肋骨。

悠一回家，经常要绕道而行，因为有人暗地里盯梢。

然而，人们还是只晓得他是学生，谁也不知道他的身份、经历，更不会知道他已经有了妻子，性格怎样，门牌号码多少。因而，这位美青年的存在，不久就充满一种神秘的气氛。

一天，罗登来了一个专门为男色家看手相的师傅，这个穿戴寒酸的老人将悠一的手掌翻来覆去仔细瞧，说道：

"我说你呀，脚踏两只船，腰插两把刀，像个宫本武藏。你那里明明扔下女人不管，任凭她呼天号地，却装作没事人一般跑到这里来。"

悠一不由微微战栗起来。他亲眼看到了这个"神秘的自己"显得多么浅薄、轻贱。他的神秘在于缺乏一种生活的约束。

……这也难怪，以罗登为中心的世界，只有热带地方的生活，亦即类似遭到流放的殖民地官吏一般的生活。总之，这个世界的每一天都充满感性，仅凭感性的暴力维护着秩序。（要说这就是这个种族的政治命运，那么谁又能扛得住呢！）

这里是感性的丛林，密密生长着具有异样黏着力的植物。

在这座密林里迷路的男人，为瘴疠腐蚀，到头来变成一个丑恶的感性的妖怪。谁也别笑话谁，只有程度之差。在男色的世界，人们不由分说被强行拖入感性的泥沼，这种不可思议的力量，任何人都抵挡不了。例如，人们一方面想借助繁忙的职业，研究学问、探讨艺术，试图抓住男人世界的种种上层建筑，一方面作为一个人，又无法抵御感性的洪水涌进房内。谁也忘不了自己的身体总是和这洪水连在一起。任何人都不能和同类之间黏乎乎的亲近感彻底斩断关系。他们反复试图摆脱，然而最后又只能重新握住那只湿漉漉的手，再次回归那黏乎乎的目光。这些本质上不具备家庭生活能力的男人，只有在表达"你也是同类"的幽暗的眼神里，约略看到家庭灯火的闪烁。

有一天，悠一一早上完第一节课，离下午的课中间还有很长一段时间，他到大学校园的喷水池边散步。几何图形的小路在草坪之间纵横交错。喷水池背后是一片秋色萧索的树林，随着风向变换，飘起的水珠润湿了草地，那飞扬的水扇时时脱离扇骨扩展开来。阴霾的天空下耸立着大讲堂镶满马赛克的墙壁，老掉牙的都内电车不时打校门外通过，车轮的响声在墙壁间回荡。

一种莫名的严格的亲疏差别，给这个不断感到孤独的青年稍稍附加一层公共的意味。他在大学里，除了和少数几个死气沉沉的同学互相借借笔记之外，没有交其他朋友。这些思想保守的同学，有的艳羡悠一有个俊俏的妻子，有的认真讨论着悠一婚后会不会安分守己。一半议论是击中要害的，他们认为悠一很会玩弄女人。

因此，当美青年冷不丁被人喊作阿悠时，就像一个逃犯被人喊出真名一般，心里怦怦直跳。

叫他的是一个学生，他坐在洒落淡淡日光的小路旁边一张藤蔓缠络的石凳之上。这个学生正俯伏在膝头摊开的浩瀚的电工学教科书上。在听到他的叫声之前，悠一没有注意到他。

悠一站住后又有些失悔，本来可以置若罔闻地走过去的。"阿悠！"学生又是一声高叫，随即站起身子。他用两手仔细掸掸裤子上的灰尘，快活的圆脸上溢满青春的朝气。他挺然而立，裤线笔直，看样子，似乎每晚都把裤子慎重地压在枕头底下吧。当他提起裤线，系紧腰带时，悠一瞥见那件炫目的纯白衬衫的大襟褶从上衣里显露出来。

"叫我吗？"悠一只得问他。

"是的，我是铃木，在罗登见过面。"

悠一再次瞧瞧他的脸，想不起来。

"忘了？盯着阿悠的男孩子太多啦。就连那个同少爷一起的孩子，也从远处偷偷打量过你呢。我可没有盯你看过呀。"

　　"什么事？"

　　"什么事？这可不像阿悠的话，太粗俗啦。现在我们去玩玩吧。"

　　"玩玩？"

　　"还不明白吗？"

　　两个青年的身体渐渐接近了。

　　"现在是大白天呀。"

　　"大白天也有好多可去的地方。"

　　"那是男人和女人啊。"

　　"哪里，我带你去。"

　　"……可我没带钱呀。"

　　"我有。能和阿悠一块儿玩，太荣幸啦！"

　　——悠一当天下午没有上课。不知在哪里挣的钱，年小的学生叫了一辆出租车。车子驶向青山高树町邻近一处遭受火灾之后荒寥的宅基地，在铃木的指点下，停在一家名为香草的宅子前面。这里只残留一段石墙，还有一座烧毁的大门，通过墙缝可以看到新盖的简易住房的屋顶。走进大门，看到连着门框的古老的房门紧闭着。铃木按了门铃，顺手解开领口，回头望望悠一，微笑着。

不一会儿，细碎的木屐声渐次来到门内，一个分不清是男是女的声音问道："谁呀？""铃木，请开门！"学生回答。旁门打开了，身穿鲜红运动衫的中年男子，出门迎接他们两个。

院子里的景象很奇妙，踏着走廊上的垫脚石可以走到堂屋和远处的厢房，但是院里的树木几乎全部失去了，泉水干涸，随处生长着茂盛的秋草，看上去宛若一幅荒野图。草丛之间，清晰地残留着大火烧过的房屋石基。两个学生走进新建的散发着木材香气的四席半厢房。

"要烧洗澡水吗？"

"不用啦。"

"拿酒吗？"

"不，不要酒。"

"那好。"男子别有意味地嫣然一笑，"那就铺床了，小青年都是急着上床呢。"

他俩在旁边一间小屋子里等着铺床，谁也不吭声。学生问他抽不抽烟，悠一答应抽。铃木将两支香烟含在嘴里点了火，微笑着递给悠一一支。正像透过墙缝看人一样，悠一似乎从这个学生的恶作剧里，窥见了一个天真烂漫的孩子。

远处雷声殷殷。白天里，临近房间的挡雨窗也紧闭着。

两人应邀一进入闺房，那人就点着枕头边的灯，在隔扇外头说了声"请自便吧"，于是走廊上响起一阵脚步声，渐去渐远。履声籍籍，震动着阳光散淡的走廊地板，这是大白天里的声响啊！

学生解开胸前的纽扣，胳膊肘儿支在被子上抽烟，听到跫音远逝，便像一只年幼的猎犬，猛然弹跳起来。他个子比悠一矮，一下子扑向呆然而立的悠一，对着脖颈狂吻。两个学生站着接吻五六分钟。悠一把手伸进铃木解开的前襟，胸中的心跳越发急促了。两人松开身子，背靠着背三两下脱光了衣服。

……两个赤条条的青年抱到了一起，都营电车嘎啦嘎啦驶过山坡，不时传来鸡鸣，如在夜间。

然而，挡雨窗的缝隙里，一缕夕阳飘荡着尘埃，阳光透过凝聚在木缝间的树脂，血一般鲜红。一条纤细的光线照射在壁龛花瓶注满污水的水面上。悠一把脸孔埋在学生的头发里，没有搽油的头发散发着洗发水的馨香，令人心情快活。学生的面孔紧紧贴着悠一的胸脯，闭着眼的眼角闪现着微亮的泪痕。

　　朦胧中，悠一听到消防车的警笛声。接着，远处又响起同样的警笛声，连连驶过三辆消防车。

　　"又失火了。"他泛起模糊的联想。

　　"就像那天去公园一样……大城市总会有火灾的，总会有罪恶的。已不指望用大火消灭罪恶的上帝，或许让大火和罪恶平分秋色吧。所以，罪恶绝不会被大火烧尽，然而无辜却屡屡遭受大火的洗劫。这正是保险公司发财的缘由。因而为了使我的罪恶纯粹而不遭焚毁，我的无辜不正需要首先闯过这场大火吗？……我对于康子是完全无辜的……我不是曾经为了康子而祈求重生吗？现在呢？"

　　午后四点钟，两个同学在涩谷车站握手告别，彼此谁也没有感到谁征服了谁。

　　一回到家，康子就说：

"今天倒是难得早回家呀，晚上一直待在家里吗？"

悠一说是的。当晚，他陪同妻子出去看电影，座椅很窄，康子依偎着他的肩头。突然，她一下子闪开来，狗一般警觉地眨着聪敏的眼睛。

"好香呀！你搽了整发香水啦？"

悠一本想否认，转念一想，连忙作了肯定的回答。看起来，康子觉得这不是丈夫身上的香味……甚至也不是女人身上的香味。

第九章　嫉妒

　　"这可是天上掉下来的人儿啊！"俊辅在日记里写着，"找到这个活宝贝，我真是如愿以偿！悠一实在美，光有这个还不行，此外，他对伦理道德无动于衷。他没有吃过那种使得所有青年沉醉不醒的迷魂药。他对自己的行动缺少责任感。这个青年的伦理，一句话，就是'一无所为'。因此，一旦出手做点什么，他就不要伦理了。这个青年将像放射性物质一样磨灭。其实，我长期以来要寻找的正是他。悠一不相信所谓'现代的苦恼'。"

　　慈善舞会几天后，俊辅着手筹划使恭子和悠一完全出于偶然的一次会面。俊辅听悠一谈起罗登，便提出打算傍晚和悠一在那里会合。

　　桧俊辅当天下午作完一场极不情愿的讲演，他没有耐得住为自己出版全集的那家出版社的怂恿。这是一个天气微寒的初秋的下午，老作家穿着一件丝绵夹层西装，鼓鼓囊囊的，倒让举办单位的人员大吃一惊。俊辅戴着羊绒手套站在讲台上，他这样做没有什么特别的理由，只因临登台时忘记脱手套，有个趾高气扬的年轻职员提醒他，他就干脆不脱了，故意气气那小子。

听众济济一堂，约有两千人。俊辅瞧不起这些听众。就像模糊不清的现代照相技术，讲演会的听众同样模糊不清。他们的糊涂表现在只相信这样一些庸俗猥琐之人：这些人做事瞅空子、乘人不备、顺其"自然"、迷信质地、说话夸大其词、爱传小道消息。摄影师要求"放松些""说说话""笑一笑"，听众也是这样要求。他们只爱看真面孔，喜欢听心里话。俊辅厌恶现代心理学的侦探趣味，这种学说认为，反复推敲写成的文章中隐藏的心里话，在日常匆促的生活里会不经意地流露出来。

面对无数充满好奇心的目光，俊辅亮出了那张熟悉的面孔。这些人对于"个性比美更重要"这一点深信不疑，在富有智慧的大众面前，俊辅丝毫不感到畏葸。他有气无力地抚平讲稿上的折痕，将刻花玻璃茶杯压在上边。水渗进纸里，讲稿上的蓝墨水漫溢着美丽的花纹。他联想起大海，不知为何，他忽然觉得眼前黑压压的两千多听众里，仿佛暗暗隐藏着悠一、康子、恭子和镝木夫人，虽然俊辅爱他们是因为他们绝不是出席什么讲演会的人种。"真正的美是使人沉默的。"老作家用一副力不从心的语调开讲了，"在这种信仰尚未泯灭的时代，批评也有自己的领域。批评尽在模仿美上。（俊辅戴着羊绒手套，在空中做了一个模仿的手势）就是说，批评和美一样，最终目的是使人沉默。与其说这就是目的，不如说那就是没有目的。批评的方法在于不依赖美就能招致沉默，靠的是逻辑的力量。批评方法的逻辑，其力量不像美那样让对方说出有无，而在于强使对方沉默。而且，沉默的效果，作为批评的效果，要使得对方产生一种错觉，认为现在美确实就在那里。必须形成一个取代美的空间，只有这样，批评才能起到创造的作用。"

老艺术家环顾一下场内，发现有三个调皮的青年伸懒腰。在俊辅看来，那些生龙活虎的打哈欠的小伙子，说不定更能深深领会他的意思。

"然而，美使人沉默这一信仰，不知不觉已经化为过去的东西。美不再使人沉默，即使美从盛宴中走过，人们也不会停止喧哗。去京都的人，总要看看龙安寺的石庭，那院子绝不难解，只是一种普通的美，一座使人沉默的院子。但滑稽的是，拜谒石庭的现代人，并不仅仅满足于沉默。他们总想说点儿什么，于是紧蹙眉头，硬诌出几首俳句来。美似乎逼使人饶舌。人们每当面临美，就急不可待地阐述感想，觉得这是义务，感到美必须迅速折价变卖，不折价就有危险。美仿佛是炸弹，是产生一切困难的根源。这样一来，我们就失掉以沉默保有美的能力，失掉为之献身的崇高的能力。

"于是，批评的时代到来了。批评不再是美的模仿，而以折价变卖为己任了。批评一个劲儿走向创造的反面。过去，批评是美的跟班，如今，是美的股东、美的代言人。随着美使人沉默这一信仰的削弱，作为可悲的代理者，批评必须代替美奋力行使主权。就连美都不能使人沉默，何言批评？事情就是这样。今天，可恶的时代开始了，饶舌，饶舌，再饶舌，几乎到了震耳欲聋的地步。美随处使人喋喋不休，饶舌最终使美越发人工化（亦即奇怪的表现），不断增殖，开始美的大量生产。同时，批评对于本质上属于自己孪生兄弟的无数美的赝品，开始漫骂攻击了。"

……讲演结束后，俊辅走进和悠一约好傍晚见面的罗登。这个心神不定的孤独的老人一踏进店门，客人们一齐向他瞥了一眼。和悠一初来时一样，大家沉默了。不仅美，漠不关心也能使人沉默。当然，这不是强制性的沉默。

这位老人向坐在里边椅子上同青年们谈话的悠一亲切打招呼，并把他引向远处的桌子边面对面坐下来。这时候，大家的目光才显现出不寻常的关切。

两人说了几句话，悠一暂时离开座位，不久又回到俊辅面前，说道：

"大家都把我当成先生的娈童，有人问起，我也作了肯定的回答。我想这样做，先生来这店就更容易了。再说，作为小说家肯定对本店很感兴趣啊。"

俊辅甚感惊讶，但当场也只得听之任之，没有责怪悠一的轻率。

"假如你是我的娈童，那么我该采取什么态度呢？"

"这个嘛，您可以默默装作幸福的样子。"

"那我就装作幸福吧。"

真奇怪，死人俊辅，居然扮演幸福！老作家被赶着鸭子上架，真是选错了地方。连导演也头疼，怎么给他说戏呀？他想，还是阴沉着脸为好，但这也很困难。俊辅感到很滑稽，立即对这种即兴表演失去了信心。当时，他并没有意识到自己脸上浮现的幸福的表情。

对于这番轻松的心情，俊辅找不到恰当的解释，只好归结于平时的好奇心。老作家已经失去了创作的力量，他为自己这种虚假的热情感到羞愧。近十年，他曾好几次有过潮水般的创作激情，一旦拿起笔来，一行字也写不出来。他诅咒这种空头支票般的灵感。年轻时一举一动都带有一种病态的艺术冲动，到如今，这种冲动只不过满足一下毫无结果的好奇心罢了。

"悠一好漂亮啊！"老作家又一次远远望着离开座位的悠一，"在那四五个美少年里，只有他一人最惹眼。美这东西，用手摸一摸就会被烫伤。有了他，这帮烫手的男色家想必很多吧……然而，他是一时冲动而走入这个异样的世界的，这种动机和美是多么符合啊！我呢？我在这里依然只是为了看看。我知道，一个间谍的身份路子很窄，间谍不能凭欲望行动。基于这种理由，间谍的行为不论多么爱国，本质上也是卑劣的。"

围在悠一身边的三个少年，像感情亲密的雏妓，敞开前襟，从西服的胸脯上竞相拉出崭新的领带。电唱机依然播送着欢闹的舞曲。男人们比起在别的世界稍微亲密些，但除了频繁地碰碰手和肩膀之外，也没有什么特别的风景。

这位一窍不通的老作家如是想：

"原来男色这东西是以纯洁的快乐为基调的。男色画那种炫目的奇矫的歪曲，一定是纯洁的苦恼的表现。男人们始终无法同流合污，也无法相互作践对方，他们被这种绝望所驱使，只得扮演一个感伤的爱的角色。"

这时，他面前展开了气氛微微紧张的情景。

悠一被两个外国人叫到桌子旁边。那张桌子和俊辅这张桌子之间隔着一个屏风般的水槽，水里游着淡水鱼。水槽里绿色的电灯把一丛水藻照得透明。秃头外国人的半边脸上荡漾着光的波纹。另一个外国人是非常年轻的秘书。年长的全然不懂日语，要由秘书一句一句翻译给悠一听。

俊辅的耳朵里响着那位年长的外国人格调纯正的波士顿英语，同时也听到秘书一口流利的日语和悠一很少的几句回答。

老年外国人首先为悠一倒啤酒，他不住赞美悠一年轻英俊。这位妙语如珠的翻译十分难得，俊辅仔细倾听，他们谈话的意思大体明白了。

老年外国人是个贸易商，他来是想找年轻漂亮的日本青年交朋友。秘书的任务是物色对象。秘书向主人推荐了好几个青年，他都不满意。其实他们到这店里来过好几趟，今天才找到理想的青年。他提议要和悠一交往下去，如果不乐意，也可以只做精神上的朋友。

俊辅觉察译语和原语之间有些奇妙的差距，故意把主语和宾语弄得很含混，虽然算不上不忠实，但总是流露一种曲意逢迎的媚态。年轻的秘书长着一副德国人精悍的面孔，薄薄的嘴唇，像吹口哨一般吐露着干净流丽的日语。俊辅向脚边一看，惊呆了。年轻秘书的两只脚紧紧夹住悠一左腿的踝骨。那副若无其事的忸怩的态度，竟然没有引起老人的注意。

老作家终于弄清了事情的底里。翻译的内容没有虚假，但秘书想努力抢先一步讨得悠一的欢心。

这时候，一种说不清道不明的沉郁的感情向俊辅袭来，该叫它什么名字呢？俊辅瞥见悠一低俯着的睫毛，那细长的睫毛闪动着，使人联想起俊美的睡相。青年向俊辅投来含着微笑的一瞥。俊辅战栗了，一种加倍的莫名的忧郁向他袭来。

"这不就是嫉妒吗？"他自问自答，"这胸中的苦闷，这火炽的感情！"

很早以前，当看到淫荡的妻子黎明时在厨房门口不轨的场景，自己深深为苦恼所折磨的心情，如今又在头脑里闪现。这是同样的郁闷，无法排解的感情。在这种感情之中，自己的丑陋成了唯一有价的老本钱，可以同全世界的所有思想相兑换，这是他唯一的心爱之物。

这是嫉妒。这个死人因为羞愧和愤怒而面颊潮红了。他高叫一声"算账"，站起身来。

"你看那个老爷子妒火烧心呢。"阿君对阿滋嘀咕道，"阿悠也挺好玩，和那个老头子来往多年了吧？"

"他追悠一追到店里来啦。"阿滋满含一种敌意附和说，"真是个不知天高地厚的老头子。下回再来拿扫帚把他扫出去！"

"也说不定这老头有点儿油水。"

"像个做生意的，看样子有点儿小钱。"

"大概是町上的一名官员吧。"

俊辅走到门口，觉察悠一也默默跟着他出来了。俊辅在路上伸了个懒腰，两手交换拍打着肩膀。

"肩头酸疼了吧？"

悠一无动于衷地爽朗地问，老人感到他似乎看透了自己的内心。

"如今你也是一样，羞耻心渐渐渗透到内里了。年轻人的羞耻使得肌肤红润，而我们却羞愧到肉，到骨头。我的骨头都感到羞愧难当啊，别人还以为我是这个道儿上的人哩！"

两人在杂沓的人群里并肩走了一会儿。

"先生讨厌年轻吗？"

悠一突然发问，这问题是俊辅不曾预料的。

"为什么？"俊辅惊讶地反问，"要是讨厌，我为何还豁出老命跑到这个地方来呢？"

"不过先生是讨厌年轻啊。"

悠一进一步断定地说。

"你是说那种不美的年轻吧？年轻就是美丽，只是一句蹩脚的俏皮话。我年轻时就丑，是你无法想象的。我的整个青年时代都在不断思索如何改变人生。"

"我也是。"

悠一低着头，突然说道。

"你不可这么说。这么说就要犯禁忌的。绝不能这样说，这是你的命运的选择……不谈这些，你急着出来，对外国人不太好吧？"

"不，没什么。"

美青年淡然地回答。

快七点了。战后店铺关门较早的大街上，这时候最热闹。傍晚雾霭浓重，稍远些的商店看起来像铜版画。黄昏时分街上的气息沁入敏感的鼻孔，这是一年里最能深深体验这种气息的季节。果品、法兰绒、新版书籍、晚报、厨房、咖啡、鞋油、汽油、腌菜的气味，交混融合，使得大街浮现着半透明的朦胧的画面。高架电车的轰鸣掩盖了两人的谈话。

"那里不是有家鞋店吗？"老作家指着一处明亮的橱窗，"那是一家豪华的鞋店，叫桐屋。今晚恭子要到那家店里取定做的舞鞋。她七点来取，你在那个时刻也到店里去挑选男鞋。恭子是个很守时的女人，她来时你可以故作惊讶，然后邀她喝茶。接下去就照对方意思办好了。"

"先生您呢？"

"我在对面小店里喝茶呀。"

老作家说。这位老人对青春持有奇妙而悭吝的偏见，这使悠一感到困惑。他想，俊辅的青春看来十分贫瘠吧。他想象着俊辅跑去调查女人来店的时刻时，那种卑微的年轻时的丑陋又在他的脸上复活了。然而，悠一已经无法将此看作与自己无缘了。这是他身不由己要做的事情的另一半。况且对于悠一来说，已经面对镜子亲临教诲，早已养成一种习性，不管在什么场合都不会忘记估量自己的美。

第十章 谎言的偶然和真诚的偶然

这天一整天，穗高恭子什么也不想，都在一心一意记挂着那双竹青色的舞鞋。此外，对她来说，这个世界上再没有什么更重要的事情了。不论谁见了恭子都会感到命运曾轻轻碰过她。仿佛投身咸水湖里不由自主又浮上来而得救了，恭子心境明朗，似乎怎么也沉不到感情的湖底，她有一种焦躁之感。因此，这种明朗既是发自内心，又带有勉强而为之的意趣。

恭子经常有着被动性的炽热的情怀，但是人们总感到这是由她丈夫冷静的手势点燃起来的虚假的热情。其实，她像一条驯服的狗，只不过是某种习惯力量的巧妙的集结罢了，她给人的这种印象甚至使她天生丽质，看上去也像圆满加工制作的漂亮的假花。

恭子的丈夫被她毫无真挚的感情弄得筋疲力尽。

为了点燃妻子的欲火，他极尽一切爱抚的手段。为了挑动妻子的真心，他甚至和别的女人鬼混，尽管他不愿这样做。恭子好哭，但她的眼泪像骤雨，一旦谈到正经话题，就像受人挑逗一般格格笑了。虽然这样，对于恭子来说，她用一般女人味作代价换取的机智和谐谑并不显得过剩。

恭子早晨在床上想出了十几个好主意，一到晚上只记得一两个了。她想更换客厅里的挂轴，结果拖了十天。这是因为，时时留在记忆里的主意经过一味拖延，到头来都懒得付诸实施了。

她的双眼皮不知为何，有一只变成三层眼皮了。丈夫见了很害怕。他立即明白了，妻子这时什么也没想。

……那天，恭子陪着从乡下带来的老女佣到附近街道买东西，下午丈夫的两个堂姐妹来了，她陪着她们。堂姐妹弹钢琴，恭子也没有心思听，弹完了她又鼓掌又夸赞。她们接着就聊起来了，什么银座一家西洋点心既便宜又好吃啦，什么用美金买的手表在银座一家商店卖到三倍的高价啦，等等。她们还说要买过冬的衣料，还提到了畅销小说，说什么小说之所以比西装料子便宜，是因为不能当衣服穿，那是当然的。其间，恭子只是惦记着舞鞋，那种心不在焉的样子，在堂姐妹眼里，一定被误解为在恋爱呢。恭子对那双舞鞋的爱，甚至令人怀疑还有没有比这更加使她恋恋不舍的东西。

正是这个缘故，同俊辅的期待完全相反，恭子早已把前次在舞会上向她表现不寻常风情的美青年忘得一干二净。

恭子走进鞋店，和悠一正好打了个照面，她一心急着要看到舞鞋，对于偶然的相见并不感到新奇，只是通常打个招呼罢了。悠一对她那只求自己得到满足的行为感到厌恶，打算马上回去，可是愤怒使他不甘心离开，她憎恶那个女人。俊辅的一番热情这时已经寄寓在他身上，其证据就是悠一忘记了对俊辅的憎恨。这青年从里面望着橱窗，虚张声势地吹起口哨。口哨的声音很响亮，带着几分不祥。他瞥了一眼正在试鞋的女人的背影，暗暗增强了斗志。"好，我一定要叫这个女人陷入不幸！"

幸好，竹青色的舞鞋做得很合恭子的意，恭子让店员包好，她的焦躁情绪也渐渐平复了。

她转过头微笑了，这才看到那里站着一个俊美的青年。

今宵，恭子的幸福正如面对着一样不少的菜单，因而，她兴奋起来。本来，照她的习惯，不会主动邀请一个不太亲近的男人喝茶的，但她来到悠一身旁，亲切地说：

"去喝杯茶吧。"

悠一顺从地点点头。七点一过，很多店都关门了，俊辅所在的那家店还是灯火辉煌。从店前经过时，恭子打算进去，悠一慌忙拦住了。其后两人又白白走过两家已经落下帷幕的店铺，才好容易找到一处很迟关门的店。

他们在墙角的一张桌子旁坐下，恭子胡乱脱下蕾丝手套，用火热的目光盯着悠一。

"夫人好吗？"

"还好。"

"今天又是一个人？"

"嗯。"

"我知道了，一定是在这家店里等着和夫人会合吧？在她来之前的这段时间，可以同我在一起吗？"

"我确实是一个人。刚才到一个前辈的办事处办点儿事情。"

"是吗？"——恭子的语调含着警惕，"打那之后，我们没有见过面呀。"

恭子慢慢想起来了。当时这个青年的身体像野兽一般，威猛地将女人的身子逼到黑暗的墙边，他那祈求她宽恕的热切的眼神看上去似乎充满野心。他的略为嫌长的鬓角，性感的面颊，时时吐露不平、欲言又止的富有活力的天真的嘴唇……再想起一些来，对他准确的记忆就会彻底复活。她要了一个小小诡计，把烟灰缸拉到自己面前。这样，青年扔烟头时，他的头就像公牛犊一样在她的眼皮底下晃动。恭子嗅着他头上发油的香气，那是洋溢青春活力的撩得人心发疼的香气。正是这种香气！打从舞会归来那天起，这香气每每留在她的梦中。

一天早晨醒来后，梦中的这种香气，依然执拗地缠绕着恭子。她到市中心买了东西，丈夫去外务省上班，过了一小时，她又登上挤满迟上班的乘客的公共汽车。她闻到了浓烈的发油的香气，心中一阵激动。但是，当她把目光转向那个青年的面孔时，虽然那香气和梦里的发油很相似，可那副面庞似是而非，叫人失望。她不知道那种发油的牌子。但那种香气总是在电车上或商店里随处飘动，在她心里荡起莫名的波澜。

……没错，就是这种香味！恭子用另一种目光盯着悠一。她发现这个青年身上，有着企图支配她的危险的权势，一种炫人眼目的王者的权势。

然而，她到底是个地道的风骚女子，所有男人身上必不可少的权势，在她眼里都显得很滑稽。不管多丑或多美的男人，他们都具有一种共同的博得大名分的东西，就是愚蠢的欲望。例如，男人们人人爱读廉价的色情小说，他们一从少年跨入青年，个个都将这种小说的主题作为自己固定的观念。这个因袭的主题就是"女人自我陶醉于最大幸福的时刻，亦即发现男人心中产生欲望的时刻"。

"这个青年的青春平平常常。"恭子暗想。她依然对自己的青春年华抱有自恃之念,"这是随处可见的青春,是欲望和诚实混淆一体的、同年龄相当的、具有自知之明的青春啊!"

与恭子的这种误解相映衬,悠一的眼睛满储着略显倦怠的热情的光泽。那眼神没有忘记生来的黯淡,看着这副眼神犹如听到暗渠里激溅般剧烈的水声。

"自那之后又跳过舞吗?"

"不,没有。"

"你太太不喜欢跳舞吗?"

"她很喜欢。"

好大的噪音!这家其实十分安静,但唱片低低的响声、脚步声、杯盘声,还有顾客不时腾起的笑声、电话铃声,互相搅混在一起,令人心情烦躁。这噪音带着恶意,时时阻隔着他们两个本来不太通畅的谈话。恭子觉得她和悠一似乎在水里交谈。

想接近的一颗心感到对方的一颗心很遥远。恭子总是毫不气馁,她意识到这个渴望见她的青年和自己之间隔着一段很长的距离。她想,自己的话是否传达过去了？中间的桌子是否太宽了？她不由夸示起自己的感情来。

"看你的表情，跳了一次舞就再也用不着我了，是吗？"

悠一显得很痛苦，这种临机应变来自几乎不露任何痕迹的演技，他的这个二重性格多半依靠无言之师——镜子的力量。镜子陶冶了他，使他运用美貌的各种角度和阴影显现出多种感情来。美终于可以有意识地独立于悠一自身之外，自由自在地被驱使了。

不知是不是这个缘故，在女人面前，悠一婚前从康子身上感受的困窘从此消失了。反倒在这种场合，当他面对一个女人时，更能陶醉在一种优游自在的肉感的馨香之中。这是透明的抽象的肉感，是跳高或游泳时使他着迷的肉感。自由再也不会遭受欲望这个最大敌人的束缚了。他怀抱这种自由，感到自己的存在就像一架万能的机器。

恭子打算利用自己圈子里的熟人敷衍一下场面，她提到的几个名字，悠一一个也不认识。这在恭子看来，实在是个奇迹。按照恭子的想法，大凡浪漫的事情只能发生在和她交往的熟人里，他们的组合也是意料之中的。就是说，他们只相信精心安排的浪漫。终于，她举出了一个悠一熟悉的人来。

"你认识清浦家的阿玲吗？她三四年前就死了。"

"嗳，是我表姐。"

"啊，看来你就是被亲戚们称作阿悠的那位呀？"

悠一打了个寒噤，故作镇静地微笑着。

"是的。"

"你就是阿悠啊？"

恭子大胆地盯着他，弄得悠一很不自在。恭子说明了原委：原来玲子是恭子班上最亲密的同学，玲子死前把日记托付给恭子，这是她临终前几天在病床上写的。对于这个沉疴不起的可怜的女子，看到前来探视的那位表弟的青春容颜，是她生命中唯一的慰藉。

她一心恋着这位心血来潮不时来看望她的表弟。她想吻他一下，又怕他染上病，一阵战栗，打消了这个念头。玲子的丈夫在使自己的妻子染上宿疾后，先死了。她试图向他吐露真情，竟未能如愿以偿。有时咳喘发作了，有时自我克制夺走了表露的时机。她发现这位十八岁的年轻的表弟，心中藏着与死亡和疾病完全相反的故事，恰似从病房的窗户里眺望到的院中的小树，浑身洋溢着生命的光辉。他健康开朗，天真而富有青春的活力，笑起来露出洁白的牙齿，仿佛一切悲哀与苦恼都和他无缘。她害怕一旦向他吐露真情，他的眉宇就会充满同情，要是他也爱上她，那面颊定会刻上悲哀和苦恼吧。她想，临终前与其这样，倒不如从这位表弟精悍的脸膛上，只看到那副近似漠不关心的青春与率真更好些。她每天的日记，开头总是叫一声"阿悠"。一次，他送她一个小苹果，她在上面刻了他名字的第一个字母，藏在枕头底下。玲子还向悠一要过照片，他有些不好意思，拒绝了……

恭子也觉得，比起"悠一"这个名字，叫"阿悠"显得更亲近，这是合乎道理的。不仅如此，在玲子死后，恭子的幻想培育了这个名字，她早已爱上了这个称呼。

悠一摆弄着手里的镀银汤匙，听了暗暗吃惊。直到今天，悠一才知道比他大十多岁的表姐，深深爱着自己。他还为表姐对自己不准确的估量而惊讶。当时，他深受一种异样的空洞无凭的肉欲的压抑。他甚至羡慕起不久前死去的表姐来了。

"那时候，我不可能有欺骗玲子的想法。"悠一想，"只是不愿意直接表露自己的心事罢了。但是玲子误解了我，她只把我当作一个单纯、开朗的少年。其实我还是我，并没有觉察玲子的爱。不论谁都是这样，总是把对别人的误解看作唯一的生存的价值……"——就是说，这位多少受到骄慢的美德熏陶的青年，把自己对恭子的一副虚假的媚态，看成自身诚实的外现。

大凡上了岁数的女人都一样，恭子稍稍向后仰起身子看着悠一。她已经爱上了他。恭子那种浮薄的心绪，从根本上说，或许来自对自己情感的谦卑与不信。因此，当她面对这位已故玲子热恋的证人时，对自己的感情充满自信。

恭子失算了。她以为悠一的心一直在亲近她，若能再跨进半步，她就满足了。

"下次找个地方慢慢聊吧。我可以给你打电话吗？"

但是，悠一每天什么时候在家没个准头，他说他给她打电话。不过，恭子也是整天不在家。因此，必须现在就约好下一次的幽会。这办法使恭子很高兴。

恭子打开笔记本，其间夹着一支用丝线连在笔记本上的铅笔，她拿起这支又细又尖的铅笔。她的约定实在多，为了悠一，她只得在最难分割的时间带里，空出一些时间来。恭子暗自感到很满意。她在陪丈夫一同出席外相官邸某外国名士的招待会的日期上面，用铅笔尖儿轻轻点了一下。为了下次同悠一约会，总要增添一些秘密和冒险的因素。

悠一答应了，女人越发撒起娇来。今晚她想让他送自己回家，看到青年有些为难，就说只是想看看你为难的样子罢了。紧接着，她用遥望远山峰峦的目光，凝神看着他的肩膀。他们交谈一阵，总要沉默半天，或者一个人滔滔不绝，甚感孤独。终于，恭子不再害怕用卑屈的口吻说话了：

"夫人一定很幸福，你想必把她照顾得无微不至吧？"

说罢，她疲惫地瘫在椅子上，看上去像一只被捕获的死野鸡。

恭子心里波涛起伏，想起今晚家中有客人来访，看来无法见面了。她站起身要给家里打电话，说赶不回来了。

电话很快接通，但声音模糊，听不清女仆说些什么，好像是雨声盖住了她们的通话。她瞧着那面大玻璃窗户，果然下雨了。不巧，没有带雨具，于是她变得果敢起来。

刚要回到原来的座位，她看到悠一身边的椅子上有个中年女子正和他谈话。恭子将椅子稍稍拉开些距离坐下。悠一把那个中年女子介绍给她。

"这位是镝木女士。"

女人们一眼就看穿了对方的敌意。这次偶然相遇完全出于俊辅的计划之外，镝木夫人打刚才就坐在稍远的角落里，一直盯着他们两个。

"我比约定的时刻略微来得早了些，看你们在说话没敢打扰，真对不起。"

镝木夫人说。一瞬间，正像那过于年轻的化妆凸显了她的老态一样，夫人学小姑娘撒了一个谎，反而更加使人看出了她的年龄。恭子看到这种年龄的丑陋，放心了。一副悠然自得的心境使她看穿了夫人的谎言，她向悠一挤挤一只眼，笑了。

镝木夫人未能觉察这位比她小十岁的女子轻蔑的眼神，这是因为她的满心醋意，使她失去了平日的骄矜。于是，恭子说道：

"我一说起话来就没完，实在对不住。我该走啦，阿悠替我叫辆车吧，下雨了呢。"

"下雨了？"

悠一第一次听恭子喊他"阿悠"，立即慌了神。他似乎把下雨当作什么了不起的大事，借此掩饰自己的惊慌。

走出店门，一辆出租车立刻讨好地开过来了，他向店里招呼了一下。恭子告别夫人离开了，悠一目送着她，站在雨里挥着手。她没有留下什么话，径直走了。

悠一默默坐在镝木夫人面前，湿漉漉的头发海草一般紧贴在前额上。这时，青年忽然发现旁边的椅子上恭子忘掉的东西，他那反射似的热情使得镝木夫人甚感绝望。

"是她忘掉的吗？"

她勉强地笑了笑，问道。

"嗯，是鞋子。"

两个人都认为恭子丢下的只是一双鞋子。其实，恭子遗忘的是她和悠一见面前，这一天生活里唯一记挂的东西。

"去追她吧！还来得及。"

镝木夫人苦笑着说，她的这句话明显是在挖苦他。

悠一沉默不语，夫人也不说话，她的沉默里一种失败的阴云渐渐扩大，说话的语调很激烈，几乎要哭出声来了。

"你生气了？对不起。我这样说话是因为我脾气不好啊！"

夫人虽然这么说，其实她正为一种不祥的预感所缠绕，这种预感是她表达自己恋情时无数不祥预感中的一个，即悠一明天肯定要把恭子忘掉的东西带给她，并且会把镝木夫人的谎言对她说明白。

"不，哪会生气呢。"

悠一犹如雨后初晴，心情爽朗地笑着。悠一实在想象不到，镝木夫人从他这张笑脸上获得了多么大的力量啊！年轻人向日葵一般的笑容诱惑了她，夫人立即向着幸福的山顶攀登。

"我打算给你买点儿什么，权当赔个不是。那就走吧？"

"算啦，赔什么不是呀。再说，外头还在下雨哩……"

这是秋冬季节的阵雨。雨住了，夜色凄迷。不时有一些喝得微醉的男人，站在店门口喊着："啊，雨停啦！雨停啦！"临时躲雨的顾客，为了抢先将身体投入雨后的夜气，又急急忙忙迈开脚步。在夫人的催促之下，悠一提着那双包好的鞋子，跟着她出来了。雨后的风很冷，他把深蓝色风衣的领子竖了起来。

夫人今天和悠一的偶然邂逅，给她带来了幸福，她过分看重了这个幸福。自打那天以来，她一直和嫉妒斗争，本来，她有着一副男子汉般的硬心肠，直到今天她下决心没有再约请悠一见面。她像一个人单独出门一样，单独看电影，单独吃饭，单独喝茶。只有自己一个人时，反而感到自己的感情变得自由多了。

话虽如此，镝木夫人随处都能感到悠一追过来的傲岸而轻蔑的目光。这目光仿佛在说："跪下！快跪倒在我的面前！"……一天，她去看戏。休息时洗手间的镜子里呈现着一片惨状。那里挤满女人的脸，她们争先恐后地鼓起腮帮、伸出额头、蹙着双眉，补妆、搽口红、描眉线、理鬓角，检查一下早晨苦心拢起的鬓发是否又变平整了。一个女人毫无顾忌地龇牙咧嘴，一个女人被脂粉呛得斜着脸……假若把镜面的景象画下来，从这幅画里一定能听见遭虐杀的众女子濒死的呼喊……镝木夫人在这些同性惨痛的竞争中，窥见了自己惨白、严冷、僵硬的容颜。"跪下！跪下！"……她的骄矜流下了滴滴鲜血。

然而今天，夫人陶醉于屈服的甜美之中——虽然令她感到可笑的是，这种甜美其实是对自己狡狯手法的奖赏——她从湿漉漉的汽车头尾间横穿过马路，雨后的街树那宽阔而枯黄的落叶，紧紧贴在树干上，飞蛾一般扑打着。起风了，夫人就像第一次在桧家见到悠一一样，默默走进一家裁缝店，店员们对夫人非常恭敬。她叫他们拿出冬日的料子，向悠一的肩头一披，这时，倒可以好好打量他一番了。

"好生奇怪呀，你什么颜色都合体。"

悠一想起俊辅，心情有些不安，老人一定还在那家店里耐着性子傻等吧？不过，今晚不便让俊辅见到镝木夫人，况且夫人也没有明说要到哪儿去……渐渐地，悠一感到俊辅的帮助不太必要了，就像一个小学生被逼着做功课，却逐渐产生兴趣一样，悠一开始对以女人为对象的多彩的人世游戏着迷了。就是说，俊辅禁闭这个青年的木马、这部模仿"自然"暴力的可怖的机器，开始灵活地转动起来了。他看到两个女人的内心燃起了烈火，是使这烈火越烧越旺，还是使火势逐渐减弱，关系着他的自尊。悠一开始冷静地热

心起来，他有着断乎不负其情的自信。女人为他做西
服，他望着她那张脸，想起猴子，稍微给点儿"寻常
的喜悦"就乐乎其中。老实说，不管什么样的美人，
只要是女人，在这位青年眼里只能是猴子。

镝木夫人对他笑也不成，沉默也不成，说话也
不成，送东西也不成，时时偷看他的侧影也不成，故
作爽朗也不成，表露忧郁也不成，近来这个决不哭泣
的女人，即便洒泪君前也还是肯定不成……悠一胡乱
穿上西服，从里面的口袋掉出一把梳子，夫人眼疾手
快，抢在悠一和裁缝师傅头里，迅速侧身将梳子拾起
来。她拾起梳子之后，很为自己的这种卑屈行为而
惊讶。

"谢谢。"

"好大的梳子，挺好用吧。"

在将梳子送还主人之前，镝木夫人用它连连梳
了两三次自己的头发。头发被梳子刮掉了几根，牵动
了女人的眼睛，眼角里闪耀着莹润的光泽。

来到酒馆后，悠一告别夫人，立即奔向俊辅等

着的那家店铺，那里早已关门了。有乐町的罗登，一直到末班电车过后才闭店。他到罗登一看，俊辅正等在那儿，悠一向他一一作了说明，俊辅大笑起来。

"把鞋带回家，对方不来找，你就装作不知道。恭子明天可能会给你打电话的。同恭子的约会不是十月十九吗？还有一周呢。这之前再见她一次，还她鞋，再把今晚的事说清楚，道个歉。恭子是个聪明的女子，镝木夫人撒谎，她肯定一眼就看穿啦。然后嘛，那就……"

俊辅止住话头，打名片夹里掏出一张名片来，简单写上几个字，那笔迹显得微微有些颤抖。悠一看到那双老衰的手，随即想起母亲苍老而略显浮肿的手。正是这双手，在这位青年心中燃起一股热情，驱使他走向极不称心的婚姻、作恶、虚伪和诡诈。这双手与死毗邻，和死达成默契。悠一怀疑，附着于自己身上的力量，不正是来自地狱里的力量吗？

"京桥 N 大楼三层，"作家把名片递过来，"出售进口的高级女式小手帕。凭名片也卖给日本人。你可以在那里买半打相同花色的手帕，听到吗？将两条送给恭子作为道歉的礼物，剩下的四条，下次会见镝木夫人时就送给她。像这次偶然的巧遇毕竟很少，我来找机会，让恭子、夫人和你在什么地方见一次面。那时一定会谈起手帕来。我家还有死去妻子的一副玛瑙耳坠，下回也送给你吧。以后我会教你作何用场——喵，你看，这样一来，就会使得两个女人相信对方和你有来往，不仅是自己一人。再给你的夫人加一条，她也会逐渐明白你的相好就是这两个女子。这样，你就占了上风。你的现实生活的自由度就会大大开阔起来。"

这个时刻的罗登眼下正显示着这个社会如痴如醉的黯淡的繁华景象。里边的椅子上坐着几个青年，笑语声喧，滔滔不绝大讲风流艳闻，要是话题里出现女人，听众就会蹙起眉头，转过脸去。洛蒂每隔一天，约好晚上十一点，等候他年轻的恋人前来会面。他强忍着哈欠，向门口望了好几次，惹得俊辅也打起哈欠来。这哈欠明显不同于洛蒂的哈欠，这哈欠可谓是俊辅的痼疾。一合上嘴，满口假牙格格有声。他很害怕自己肉体内部的物质发出的这种黯然的音响。他以为这是物质从内部侵犯自己肉体产生的不吉利的声音。肉体原本就是物质，假牙的碰撞之声就是肉体本质一时的启示。

"就连我的肉体，这个'我'其实也已经成了'别人'，"俊辅想，"何况我的精神。"

他偷眼看看悠一俊美的面庞。

"可是，我的精神的形态却是如此美丽。"

＊

悠一很晚回家已经是常事了，康子对丈夫疑虑重重，反反复复的烦恼弄得她筋疲力尽了。她下决心干脆相信丈夫，但这样一来，反而感到更加痛苦。

康子发现悠一的性格里有一个难解的谜，这个谜和他开朗的一面连在一起，不容易弄清楚。一天早晨，他见到报纸上一幅漫画随即大笑起来，康子走近一看，那漫画对于他来说，并没有什么值得可笑的地方，她想他为何要那样大笑呢。悠一解释说："前天呀……"话刚出口就马上闭嘴。他差一点儿把罗登的事搬到自家的饭桌上。

她看到这位年轻的丈夫动不动就闷闷不乐，痛苦非常，康子本想分担他的烦恼，但他转眼之间就声明说点心吃多了，正闹胃痛呢。

丈夫的眼里似乎始终有一种憧憬，康子误以为是来自他的诗人气质。对于世上的谣言和丑闻，他表现得有严重洁癖。尽管乡下的父母对他有过出于好意的评价，但他还是被认为有些奇妙的社会偏见。大凡一个有头脑的男人，在女人眼里本来就显得颇为神秘。女人死也不会说出"我喜欢吃大青蛇"之类的话，因为她们生来就是如此。

有一次，发生了这样的事。

悠一上学不在家，婆婆睡午觉，阿清买东西去了。下午两点钟，康子坐在走廊上编织，她在为悠一织一件过冬的夹克。

门铃响了，康子走到门边开了锁。来客是个学生，提着一只旅行包。她不认识，学生笑嘻嘻地热情跟她打招呼，反手将身后的门关好，说道：

"我和你丈夫同在一个学校，现在正打工呢。这家店的肥皂很好，你要不要？"

"肥皂呀，家里还够用。"

"别这么说嘛，先看看货吧，包你满意。"

学生转过身子，一屁股坐在门前的地板上，一身旧黑哗叽制服的腰部和背部都磨得发光了。他打开背包取出样品，是包装得很花哨的肥皂。

康子再次说不要，又说要等丈夫回来再说。学生显出一副诡秘的笑容，随手拿过来一条肥皂叫康子闻一闻，康子正要接过去，这时学生一把攥住了她的手。康子没有马上叫喊，她站直身子，瞪着他的眼睛。对方奸笑着，没有退让。她刚要喊就被捂住了嘴巴。康子拼命抵抗。

这时，悠一回来了，原来学校里停课了。他刚想去按门铃，忽然感到有些异样，由于光线反射，一时看不清黯淡的前厅里扭作一团的身影，只有一线白光。康子极力想挣脱开来，看到悠一回家，眼里充满喜悦瞧着丈夫。她用力一挣，学生立即松开手，站了起来。他发现了悠一，想擦身逃跑，手被逮住了。悠一把那学生拖进院子，立即照着下巴就是一拳，学生仰面倒在杜鹃花丛里。接着又朝他的两颊一阵猛打……

这件事对于康子来说是值得纪念的。当晚，悠一在家没有出去，他的全部身心都在守护着康子。即便康子相信他的爱完美无缺，又有什么奇怪呢？悠一守护她是因为他爱妻子，悠一守护安宁的秩序是因为他爱家庭。

这位力大无比、坚强可靠的丈夫，在母亲面前并没有表功。其实谁会知道，他这样大打出手是因为心里有着难言之隐啊！原因有两个：其一，那个学生长得太帅气了；其二，这是悠一最难启齿的——那学生喜欢女人，还把这一事实强行展现在他面前，令他不忍直视。

……十月，康子没来月经。

第十一章 家常便饭

十一月十日，悠一放学的路上，在郊外一座车站等候妻子。因为约好要去一个地方，他上学时穿着西服。

在一位为悠一母亲看病的主治医的介绍下，他们要到一位著名的妇产科医生家里去。这位约略上了年纪的妇产科主任每周四到大学医院上班，周三和周五在家，家中有设备齐全的诊察室。

悠一陪伴妻子一起去，实际上，他对这件差事踌躇再三，这本来应该是妻子娘家的事。但康子撒娇希望他陪着，他没有理由硬是拒绝。

博士优雅的西式住宅前面停着一辆汽车。悠一和康子坐在设有暖炉的光线黯淡的厅堂里挨号。

这天早晨下了霜，天气特别寒冷。暖炉已经生火，地板铺着白熊毛皮，靠近暖炉的地方微微散着热气。桌子上摆着景泰蓝大花瓶，满满登登的一瓶黄菊开得正旺。房子又大又暗，深绿色的景泰蓝表面，清晰地映出了暖炉的火焰。

厅堂的椅子上坐着早到的四个人：带着女佣的中年妇女和由母亲陪伴的年轻女子。中年妇女似乎刚从美容院出来，头发下面是一副浓妆艳抹、毫无表情的面孔。这是一张封闭在白粉里的脸，看来只要一笑，就会皮开肉绽。一双小小的眼睛在白粉后面窥视着，螺钿花纹的漆丝和服、腰带、外褂，还有那高级的钻石戒指、飘散着的香水味，所有这些，都可以用"豪奢"这个词儿统括起来，带有一种虚假的情味。女人膝头摊着一本《生活》杂志，她将眼睛靠近上面细密的小字，翕动着嘴唇读了起来。她有一个习惯，不时像掠去蜘蛛网一般抹一抹脑后寥寥几根头发。那个随侍的女佣坐在后头的小椅子上，女主人一开口，她就带着十分认真的神情，连连说"是"。

另外两人多少含着轻蔑的眼神不时看看她们。女儿穿着大花条纹的紫色和服，母亲一身隐花素色绸缎和服。不知是太太还是姑娘的女儿，好几次露出洁白柔软的腕子，攥起小狐狸般的拳头，向嵌在胳膊外侧的小金表瞅一眼。

康子什么也不看，什么也不听，眼睛直盯着暖炉上的煤气火焰，可她目无所见。几天前，除了突然袭来的头疼、恶心、低烧、眩晕和心跳，她不再关心别的什么了。许多病症折磨她，那脸色就像鼻尖触着草箱的小兔，看上去显得十分专注和天真。

先前的两对病人过后，轮到康子了。她坚持要求悠一陪她一起进诊察室。两人穿过飘散着消毒药水味的走廊，廊子上冷风飕飕，冻得康子直打哆嗦。

"请进。"里面传来教授沉静的声音。

博士像肖像画似的坐在椅子上，面对着这边。一双手经消毒液浸得灰白而干爽，给人一种抽象的白骨一样的感觉。他示意两人该坐的地方，悠一举出介绍人的名字，打了招呼。

桌上排列着好像牙医用的器械，光闪闪的，这是刮宫用的钳子之类。然而，一进入房间，首先看到的是独特而呈现残酷形状的诊察台，那副样子实在有些畸形而不自然。比普通床铺要高一些，下半部分翘着，斜着向上凸起的左右两端，各钉着一只皮拖鞋。

悠一想到刚才那穿着时髦的中年妇女和年轻女子，就是在这张机器床上进行一番危险的表演吧。这张奇矫的寝床，也许呈现着一副"宿命"的形状吧。为什么呢？因为面对这种形态，什么钻石戒指、香水、螺钿花纹漆丝和服，还有大花条纹的紫色和服，都是徒然之物，没有任何抵抗的力量。想到这张铁台子带有的严冷的猥亵，不一会儿就要嵌入躺在上边的康子的身姿，悠一顿时打了个冷战。他仿佛觉得自己就是那张寝床。康子坐着，故意把眼睛从诊察台上移开。

悠一跟着插嘴报告症状，博士向他递了个眼色，于是他撇下康子走出诊察室，回到厅里。前厅没有一个人影，他坐在安乐椅上，心情不安，把双肘搁在椅背上，还是放不下心。他的心思无法逃离康子那副躺卧的姿态。

悠一胳膊支撑在炉架上，从口袋掏出今天早晨接到的两封信，他在学校里已经读过一遍，现在再看一遍。一封是恭子的，一封是镝木夫人的。内容大致相同的两封信，恰好在同一个早晨到达。

自上次以来，悠一又见过三次恭子，两次镝木夫人。最近一次是一块儿见到的。这是俊辅花钱创造的机会，他要以悠一为中心，使恭子和夫人同时到场。

悠一先重读了恭子的信，字里行间充满愤怒的笔调，字迹像男人一般强劲。

"你在捉弄我。"恭子写道，"我不想说你在欺骗我，说捉弄可能更好些。你还鞋的时候，送我两条珍贵的手帕，我很高兴，一直把手帕装在手袋里，换洗着用。前天再次见到镝木夫人，她也用着同一种手帕，我们两个互相都一眼注意到了，只是谁都没吱声。女人对同性的东西最敏感。看样子，你是买了一打或半打手帕吧？你是给她四条给我两条，还是也给她两条，另外两条又不知给了什么人呢？

"不过，手帕的事我不想再说了，下面我要说的是最难启齿的事情。上次和镝木夫人还有你三个人偶然碰到了一起。（同镝木夫人见面是买鞋之后第二次了，怎么这样巧就碰上了呢？）我为此苦恼得吃不下饭啊！

"上回，我撇开外务省的会同你见面，在河豚料理店的宴席上，你从口袋里掏打火机给我点烟，不小心将玛瑙耳坠掉在榻榻米上。我立即问你：'哦，是夫人的耳坠吗？'你顺口回答说'是的'，便又装起来了。我后悔不该一看见就那么轻率地随口问你。为什么呢？因为我的口气里明显地带着嫉妒，我自己很清楚。

"谁料到，第二次见镝木夫人时，发现她耳朵上戴着那副耳坠，你知道我是多么惊讶啊！打那以后，我在人们面前一声不响，使你感到怪难为情了吧？我决心写这封信之前，一直都在痛苦之中。手套和化妆盒还好说，单单耳坠装进了男人的口袋，这可是很难理解的事。人们赞扬我是个不拘小节的女人，我的性格就是如此。可是这一回真不知有多难受呀！请你及早治好我的孩子般的疑虑吧，哪怕一点儿也好呀！不说爱情，就看在朋友的分儿上，你总不会眼瞅着一个女人受到无形的疑惑的折磨吧？所以就写了这么多。接到信后来个电话好吗？我借口头疼，每天都待在家里等你的电话。"

镝木夫人的信：

"上回的手帕恶作剧是你耍弄的鬼点子吧？我立即暗中计算了一下，给我四条，给恭子小姐四条，还该有四条，正好够一打。那四条呢，莫非留给夫人了？你这个人，真叫人搞不懂呀！

"手帕的事弄得恭子小姐失魂落魄，怪可怜的。恭子小姐是个好女子，她本来以为，全世界只有她一人获得了阿悠的爱，这下子梦想全破灭了。

"先前送我那么贵重的礼物，实在太感谢了。款式倒是老了点儿，可玛瑙是块好石头呀。真是托你的福，大家都夸奖这副耳坠呢，顺带着又夸我的耳轮长得好看。给你做西装也要回报一下，你倒是个有些老派的人哩。其实呀，像你这样的人，得到女人的好处用不着回报，反而更能惹女人喜欢。

"西装再有两三天就成了，试装那天也让我瞧瞧，领带也由我来给你挑选。

"还有，打那天以来，不知怎的，我有信心胜过恭子小姐。这是怎么回事呢？今后呀，也许还会给你添麻烦的，我对这盘棋倒觉得胜利在望啊！"

"把两人的信对照着看，立即就能弄明白，"悠一暗暗自言自语，"没有自信的恭子有自信，有自信的夫人没有自信。恭子不隐瞒怀疑，夫人显然在隐瞒怀疑，一看就十分清楚。桧先生言中了。恭子确信夫人和我有关系，夫人确信恭子和我有关系。她们都为不能触摸我的身体而感到懊恼。"

这个大理石雕像般的青年用手触摸过的唯一的女体，如今正有一位略上年纪的男子的手指插了进去，他那两根干燥的散着来苏尔药水味的冷静的手指，如同园丁移栽花草时的手指插进泥土一样。另一只干燥的手掌，则从外侧试探着内部的质量。鹅蛋大的生命之根触及了温暖泥土的内部。接着，博士就像拿起高级花坛用的铲子，接过护士递来的库斯科子宫镜。……检查完了。博士一边洗手，一边转头对着病人露出他那天职的人性的微笑，说：

"恭喜了。"

康子十分诧异，默然无语。于是，妇产科主任叫护士喊悠一进来。博士重复刚才的话：

"恭喜了，你夫人怀孕两个月了。看来一结婚就受孕了。母体健康，一切正常，放心吧。今后即使没有胃口，也要硬着性子吃饭。否则容易便秘，一便秘体内就积攒毒素，那可不妙啊。每天还要打一次针，葡萄糖掺维生素 B1。会有妊娠反应等症状，不用担心。要尽量保持安静……"——他微微对悠一递了个眼色，补充说，"干那事儿也不妨碍。"

"总之，祝贺你们哪。"——博士仔细审视着他们二人，"看样子你们是倡导优生学的模范夫妻了。优生学是寄希望于人类未来的唯一的学问。真想看看你们小两口儿生的孩子呢。"

康子沉静了，这是一种神秘的沉静。悠一像个未解世事的丈夫，奇怪地望着妻子的大肚子。这时，一种异样的幻觉使他惶恐起来。他感到妻子的肚子上揣着一面镜子，镜子中自己的脸一直盯着他。

那不是镜子。那只是窗外的夕阳，不时照到她的珍珠白的裙子上反射的光亮。悠一的这种恐怖，就像一个将疾病传染给妻子的丈夫所感到的恐怖。

"恭喜了。"——他们回去以后，屡次从幻觉中听到这句祝词，过去重复无数次，今后也还会无数次重复下去。他从这句祝词虚空的声响里，听到了阴郁的絮絮叨叨的祷告。可以说，他耳朵里听到的不是祝词，而是无数悲悲切切的诅咒。

没有欲望却有了孩子。有了欲望而生的私生子具有某种反抗的美，但没有欲望生下的孩子该是怎样一副不吉祥的长相啊！人工授精，那精子是喜欢女人的男人的精子。优生学是将生命置之度外的社会改良思想，就像镶嵌瓷砖的浴室那般明亮的思想。悠一憎恶那个妇产科主任一头历尽沧桑的美丽的白发。悠一对于社会有着诚实而健全的观念，唯一支撑这一观念的是，他的那种特殊欲望在这个社会里不具有现实感。

这对幸福的夫妇躲避着夕阳里猛烈吹来的寒风，竖起外套的衣领，互相依偎着走路。康子把手插在悠一的臂弯里，挽着的手臂的温热透过好几层衣服分别传到两人身上。眼下，到底是什么东西使两颗心相隔离呢？心没有肉体，因而无缘相挽在一起。康子和悠一两个人都害怕双方的心灵发出无可名状的哭诉的一刹那。女人总是沉不住气，康子首先违犯了两人共同的禁忌。

"哎，我可以高兴一下吗？"

悠一不忍正眼看一下妻子的面孔，他没有看一眼康子，快活地大声喊道："说些什么呢，我恭喜你！"可是这时候，正在靠近的影像使他不再作声。

郊区住宅的街道上行人稀少，白色的石子路面映照着房顶凹凸的阴影，一直延续到远方斜斜向上的黑白道口之处。一位穿毛衣的少年，手里牵着一条斯皮茨[1]爱犬走过来。他的面孔白净，半边映着夕晖，染上枣红色的光亮。走近了一看，他的另一半面孔，布满暗紫色的火烫的伤疤。那少年低头打身边擦过去。于是，悠一联想到每每出现于欲望高潮时的远方火灾的颜色，还有那消防车的警报声。他又想起优生学这个词儿的禁忌，于是他说道：

"可以高兴啦，恭喜你。"

这个年纪轻轻的丈夫并非发自内心的祝词，使

---

1 一种尖嘴短面、立耳、卷尾的纯白狗，"二战"后日本多喂养。

得康子感到绝望。

*

……悠一的行为被掩盖，就像一个神秘的慈善家的行为被掩盖。但是，那种施行阴德的慈善家自我满足的淡然微笑，并未浮现于这位美青年的嘴角。

年轻的他苦于没有表象社会的一切行为。他无需努力就能成为淳风美俗的化身，没有比这更使他感到无聊的了。他无法容忍无需努力就能成为道德的规范，他学会了像憎恶道德那样憎恶女人的本领。过去，他总是以真诚艳羡的目光注视倾心相爱的青年男女，如今他却暗暗投去了嫉妒的眼神。有时他为自己保持如此勉强的沉默而惊讶。对于夜间社会的行为，他虽然保持着岿然不动的美丽的大理石雕像般的沉默，却感到了"美"被强加于自身的义务。就是说，他只是一尊纯然的雕像，被束缚于一种固定的形式之中。

康子的怀孕立即使南家的生活热闹起来。乡下濑川家欢天喜地，又是跑来探望，又是一起会餐。看到悠一当晚心神不宁，又要外出的样子，母亲十分担心。

"还有什么不满意呢？"她说，"有着这么一个温柔漂亮的妻子，又怀了头胎孩子，今晚可是个喜庆宴啊！"——悠一爽快地回答她没有什么不满意，正在兴头上的母亲听了总觉得儿子是在嘲笑她。"也不知到底怎么了，这孩子结婚前很少出去玩，倒让我这个当妈的操了不少心。结婚后老爱往外跑，这倒也不怪他，一定是有好多坏朋友。但他的那些坏朋友从不到我们家里来。"——她怕康子娘家人犯疑，当着康子的面，对儿子半是埋怨半是辩护。

不用说，在这位坦率的母亲心里，儿子的幸福占据了一大半。我们在考虑别人幸福的时候，总是不知不觉借此对自己的幸福作一番别样的描画，这样反而比考虑自己的幸福更使人具有利己性。新婚不久，悠一的生活就放纵起来，母亲本来以为是康子的错，但一听到媳妇有喜，她的疑虑也都烟消云散了。"今后悠一一定会老实的。"她对康子说，"那孩子不久就要当爸爸啦！"

她的肾病有些好转，可是近来诸事烦心，又使她想到了死。不过，这阵子病也还没有犯。从一个母亲天生的利己主义立场出发，比起康子的不幸，更令她苦恼的是儿子的不幸。儿子的这桩婚姻，其动机本来是为了孝顺母亲，她担心儿子未必甘心情愿承认这门亲事，所以一直为此感到苦恼和悔恨。

母亲觉得，趁着他们还没有破裂之前，她应该充分维护这个家。她一面安抚媳妇莫把悠一放荡的事传给娘家人，一面不动声色地好言劝慰儿子。

"你要是有什么难言之隐，或者又喜欢上谁家姑娘了，就给我直说好啦。放心吧，妈妈我不会告诉康子的。要是这样下去，我真担心会发生什么可怕的事情啊！"

康子怀孕之前，母亲说的这番话，使得她在悠一眼里就像个巫婆。她认为家庭这东西，必然孕育着什么不幸。风推帆船沿航线顺流而下，然而风也会使帆船沉没，从本质上说，顺风和暴风同是一种风。家庭和家人被一种中和了的不幸之风推拥着顺流而下，但就像描绘家庭的众多名画上的画押一样，隐蔽的不幸总是一个不落地被写进某个角落。基于这种意义，悠一逢到心情快活的时候，就觉得自己的家庭或许可以归入健全家庭一类吧。

南家的财产依然交由悠一管理。母亲做梦也没有想到俊辅有五十万日元的赞助，因为那笔陪嫁费，见到濑川家里的人，老觉得抬不起头来。岂知那笔三十万日元的陪嫁，分文未动。没想到悠一是个理财的能手，他有一个高中老同学，是个银行职员，悠一把俊辅给的二十万交给他做信贷生意，每月获得一万二千日元利息。目前这种投资不属于风险投资。

康子的一个同学，去年才做了年轻的母亲，不料小孩得了小儿麻痹症死了。悠一听到这个消息，显得很高兴，这使得前去吊丧的康子脚步沉重。丈夫那副暗含揶揄神情的美丽的眼睛，仿佛在说："嗳，你看。"

别人的不幸似乎就是我们的幸福。在火热的恋爱过程中，这个公式采取了最纯粹的形式，尽管如此，康子那副抒情的头脑使她怀疑，只有不幸才能慰藉丈夫的心灵，此外再没有别的。悠一幸福的思维也带有对这个世界孤注一掷的因素。他不相信永远存在的幸福，心中暗暗怀着恐怖之情。他一看到永恒的东西就感到恐怖。

一天，夫妇两个到康子父亲的百货公司买东西，康子在四楼的童车柜台前站了很久。悠一不感兴趣，催促妻子快些离开，他从她的胳膊肘儿上感到一种微显执拗的力量。妻子抬头盯了他一眼，刹那之间，他发现妻子的目光里含着愤怒，但他装作没有在意。回家的车上，康子不停地逗弄依偎在她身旁的一个婴孩。这个流着鼻涕的又穷又脏的孩子，那副长相也并不讨人喜爱。

"孩子总是可爱的呀。"

那位母亲一下车，康子撒娇似的歪着头，瞧着悠一说道。

"你太性急了，不是夏天才生吗？"

康子又不吭声了，这回她的眼里渗出了泪水。如此过早地流露母性之爱，即便悠一这样的丈夫，也禁不住很自然地调侃几句。更何况，康子的这种感情流露缺乏自然，甚至带有几分矫情，说穿了，这矫情里含着嗔怪的意思。

　　一天晚上，康子喊着头疼上床睡了，悠一也不再外出。看到康子恶心又加心跳过快，他请了医生。在医生没到之前，阿清用冷水湿布覆在病人的胸口上。母亲安慰儿子说：

　　"别担心，我怀你的时候，反应得很厉害。也许生性爱吃稀奇古怪的东西吧，打开葡萄酒来，就急着要吃那蘑菇般的软木塞子，真叫人头疼呀！"——医生看完病回去时已经快十点了，康子的卧室只剩悠一和她两个人。康子青黄的面颊又恢复了红润，看上去比平时更加光艳动人。她的一双素腕忧郁地摊在被子上，在灯光照射之下愈益显得雪白细嫩。

　　"好苦啊！不过，为了孩子，这点苦又算得了什么！"

　　妻子说着，将手伸向悠一的额头，抚弄垂下来的头发，悠一也任她抚弄。这时，他心中意外地升起一种残酷而温柔的念头，他的嘴唇忽然压在康子尚有一些热度的嘴唇上。他那急切的口气，使任何一个女人都不得不立即坦白。他问道：

"说说看，你真的想要孩子吗？你的母性之爱是否太早了些？想说什么就只管说吧！"

康子一双酸楚的眼睛忍不住流下泪来。面对一种诡秘的告白，再没有比女人陶醉般的恣意的泪水更能撼动人心的了。

"有了孩子……"康子断断续续地说，"我是想，只要有了孩子，你就不会丢掉康子不管了。"

从此，悠一有了堕胎的念头。

*

社会上的人，看到桧俊辅返老还童，穿着也一反常态，喜欢潇洒的打扮，个个瞠目而视。俊辅老后的作品本来就显得颇为稚嫩，与其说这是优秀的艺术家晚年表现的稚嫩，不如说是直到晚年都未曾熟透的部分宿疾腐烂的结果。从严格的意义上说，他不可能返老还童，他所有的只是他的死。他对生活完全没有创造的力量，更不具有任何这种创造力的结晶——美的情趣。这表现于他近来的服装明显受到日趋青春化的影响。对待一个作家，要看其创作的美学和生活的趣味是否一致，这是日本的通例。而俊辅显得两者如此格格不入，这就使得不知有罗登风格影响的社会，多少怀疑起这位老艺术家的正气来了。

不但如此，俊辅的生活里平添了一种莫名的神出鬼没的色彩。本来远离巧妙洒脱的言行，带有虚假的轻妙，看起来近于轻狂，对于返老还童的人工的痛苦，人们总爱看作轻浮的表现。他的全集十分畅销，关于他精神状态的奇异的传说进一步促进了书的销售。

不论多么聪慧的评论家，不论多么具有洞察力的朋友，都看不透俊辅这种变化的真正原因。原因很简单，俊辅开始有"思想"了。

自从夏天在海滨的飞沫中看到青年的身影后，这位老作家平生第一次产生了一种"思想"。折磨他自身的驳杂的青春的力量，使一切集中和秩序变为不可能的最怠惰的活力，对创造毫无益处而只会加速自我消耗和破坏的庞大的无力感，如此活生生的衰弱……他要赋予这种过剩的疾病以自身所不可能具有的力量和强韧。他要治愈这种"活"的疾病，给予钢铁般"死"的健康。这正是俊辅在艺术作品上梦寐以求的理想的具体表现。

艺术作品具有存在的二重性，这是他的观点。正如出土的古代莲子也能开花一样，作品具有永恒的生命，可以在所有的时代、所有的国家的精神生活中获得新生。当我们接触古代作品的时候，无论空间艺术还是时间艺术，我们被作品中的空间或时间所囚禁的生命，就会多多少少停止甚至放弃现在的生命。我们活在另一种生命之中。但是，活在这种生命里所耗费的内在时间早已得到计量和解决。这就是我们称之为形式的东西。一部作品不论怎样打动人心，不论如何改换以后人生的看法，我们都是无意识地通过形式而惊叹，尔后的变化只不过是通过这种形式的影响罢了。然而，人生经验和人生影响总是缺乏这种形式。自然派认为，使艺术作品附着于形式，可以说是为其提供人生的制服。俊辅不屈服于这种观点。他认为，形式是艺术活生生的宿命，所谓作品内在的经验和人生经验，皆因形式的有无而改变存在的空间。但是，在人生经验之中，唯一最接近作品内在经验的是什么呢？就是死给予的感动。我们无法体验死，但是可以经常体验这种感动，亦即在死的想念、家人的死以及所爱的人的死之中加以体验。就是说，死是生的唯一形式。

艺术作品感动了我们，使我们具有坚强的生的意志，这不正是死的感动所致吗？俊辅的东方式梦想动辄倾向于死。在东方，死较之生具有数倍的活力。俊辅所考虑的艺术作品，就是一种精练的死，是使生接触先验之物的唯一的力量。

内在的存在就是生，客观的存在只能是死或虚无。这种存在的二重性，使得艺术作品接近无限的自然美。根据他的观点，艺术作品完全和自然一样，断不可具有某种"精神"。更何况思想！精神因不在而获得证明，思想因不在而获得证明，生命因不在而获得证明。这就是艺术作品逆反论的使命，甚至是美的使命，美的性质。

那么，创造的作用只不过是自然创造力的模仿吗？对于这个问题，俊辅早已准备好了辛辣的回答。

自然是天生的，不是创造的。创造具有使自然自行怀疑其出生的作用。创造就是自然的方法。这就是他的答案。

是的，俊辅是方法的化身，他寄望于悠一身上的是，将这位美青年自然的青春当作艺术作品加以提炼，使一切青春的纤弱转变为死一般的强大，使他周围的各种力量具有自然力那样的破坏力，转化为不含有任何人性的无机质的力量。

悠一的存在宛然如创作中的作品一样，昼夜不离老作家的心。即使有电话进来，他一天不听到悠一充满青春活力的爽朗的声音，心里就阴云密布，郁郁寡欢。悠一黄金般的明朗与厚重的语音，正如云间射下的一支支光明的利剑，散落在这块老朽灵魂荒芜的地面，照亮丛丛杂草和累累顽石，使之成为适于永恒停驻的安乐之乡。

俊辅每次去他和悠一时常联系的场所罗登，依然装作"此道中人"。他熟悉隐语，精通微妙眼神的含意。一个小小的意料之外的罗曼蒂克也能使他惊喜非常。一个长相阴郁的青年，向这位丑陋的老人表明爱意，他的异常的心理、异常的倾向，使他觉得六十以上的男人尤其可爱。

俊辅带领此道中的少年们出入于各处的咖啡馆和西餐店。俊辅认为，由少年到成年这种微妙年龄的推移，犹如夕暮天空时刻变幻的色调。成人是美的日落，从十八岁到二十五岁，意中人的美产生了微妙的变化。晚霞初露，所有的云朵显现出水果般鲜润的颜色，这个时刻象征着十八岁到二十岁少年面颊的颜色，还有那柔婉的颈项、领边新剃的黛青的发根，以及少女似的鲜润的红唇。不久，晚霞灿烂，彩云如火，天空也出现一派欣喜若狂的表情。这个时刻意味着二十到二十三岁青春花季的年龄。这时期，目光略现威猛，面颊绷紧，口角渐次显露男性的意志，同时出现的还有脸庞上火红的羞赧之色、流线般优美的眉宇、少年脆弱的瞬间闪现的美丽的面影。最后，燃烧殆尽的云层带着威严的相貌，落日舞动着残余的火焰的头发下沉的时刻，显现了二十四五岁青年的美丽，他的眼睛满储着纯洁无垢的光芒，他的面颊注入了险峻的男性悲剧的意志。

俊辅老老实实承认周围每个少年的美丽，但他们谁也激发不起肉感的爱情。老作家想，悠一被不爱的女人们包围，其心情也是如此吧。虽说绝不会是肉感，但一想起悠一，这位老人的心里就荡起一阵惊喜。他嘴里念叨着不在场的悠一的名字。于是，少年们的眼里浮现出一种思念的欢喜和伤感。俊辅一打听，不论哪位少年都和悠一有关系，最多不过两三次就被他甩了。

悠一打来电话，问明日能否前来访问。这时，俊辅正被冬季最初的神经痛所煎熬，接到悠一的电话，病痛霍然而愈。

第二天是个和暖的小阳春天气，俊辅坐在客厅宽阔走廊的阳光里，读了一阵《恰尔德·哈洛尔德游记》。拜伦一个劲儿逗他发笑。其间，有来客四五人。女佣告诉他悠一来访，他像接下一件麻烦的案子的律师，很难为情地对来客说明缘由，然后将新到的"重大案件"的客户引上二楼书斋。在座的客人里谁也没有想到，这位新来的客人竟是一个没有任何才能的青年学生。

书斋内连着凸窗的长椅上，并排放着五个琉球染的印花坐垫。围绕窗户的三面百宝架上，陈列着搜集来的古陶器。一个隔挡里摆着精致古拙的陶俑。这样的搜集显得杂乱无章，因为这些都是人家的赠品。

悠一穿着镝木夫人为他定做的新服装坐在窗户旁边。初冬恬淡如水的阳光透过窗户照射进来，使得悠一满头漆黑的鬈发闪耀着光辉。他看到这座房子没有季节应时的鲜花，处处缺少一种生命的活力。只有一只黑色大理石座钟沉闷地转动着时针。美青年把手伸向桌上的一本皮纸装帧的原版古书，那是麦克米伦版的佩特全集，在《杂学》的《皮卡第的阿波罗》一节里，随处都是俊辅画的横线。近旁堆放着古旧的《往生要集》[1]上下卷和大开本的比亚兹莱画集。

悠一从凸窗前站起身来迎接俊辅，当俊辅一眼看到他的姿影时，这位老艺术家几乎战栗了。眼下，他感到自己确实打心里爱上了这位美青年。在罗登的一番表演后，俊辅无形中欺骗了自己（正如悠一为自

1　日本古代佛教经典，天台宗僧人源信（942—1017）著。

己的演技所欺骗，屡屡感觉爱上了女人一样），抑或他在强使自己产生一种不可能有的错觉吧？

他有些目眩似的眨巴一下眼睛，在悠一身边一坐下来就开腔了，因此使人有些唐突的感觉。他说，直到昨天一直神经痛，由于气候关系，今天倒不疼了。右膝盖上仿佛挂着一个晴雨表，一大早就知道当天下不下雪。

青年苦于接不上话茬儿，老作家夸奖他身上的西装，问是谁赠送的，接着说道：

"嗯，那个女人从前敲去我三万日元，给你定做一套西装，我的这笔账也算结清了。下次给她个吻，奖励她一下吧。"

他说话总不忘向人生吐唾沫，这是他的老习惯。这倒是医治悠一长期对人生怀有恐惧感的良方。

"你有什么要紧的事吗？"

"关于康子的事。"

"听说她怀孕了……"

"嗯，这个……" —— 青年欲言又止，"我就是来商量这件事的。"

"你想堕胎吗？"——他一语中的的提问，使得悠一睁大了眼睛，"这又何必呢？我问过精神科医生，像你这种性情会不会遗传还闹不清楚，所以没有必要这么害怕。"

悠一沉默了。究竟为什么考虑堕胎，连自己都不很理解。妻子要是真心想要孩子，他恐怕也不会泛起这种念头。他知道妻子希望之外还有其他想法，无疑这种恐怖就成了当前的动机。悠一打算使自己从这种恐怖之中解放出来。为此，他首先要解放妻子。怀胎、分娩，都是一种束缚，是使解放断念的事……青年用半含恼怒的语气说道：

"不是，不是因为这些。"

"那是为什么呢？"——俊辅像一个医生，冷静地问道。

"为了康子的幸福，我以为这样做为好。"

"看你说些什么呀！"——老作家仰起脸笑了，"为了康子的幸福？为了女人的幸福？你既然不爱女人，哪里还有考虑女人幸福的资格？"

"所以嘛，所以要堕胎呀。这样一来，两人就斩断羁绊了，康子想分手随时都能分手。这样做说到底还是为了她的幸福。"

"你这种感情是关怀？是慈悲心肠？还是利己主义？胆小鬼？真叫人失望呀，我不想再听你凡庸的诉说了。"

老人激动了，样子很难看。他的手比平时抖得更厉害了，两个掌心不安地揉搓着。几乎完全失去脂肪的手掌揉搓起来像搓着满手灰沙，嚓嚓作响。他一阵心情不安，胡乱翻动手边的《往生要集》，又一下子合上书页。

"我说的话你都忘记了。我不是对你说过吗？必须把女人当成物质，决不承认女人有什么精神。我就是因此而跌跤的。想不到你也和我一样栽在这里了。你是不爱女人的！你结婚时应该觉悟到这一点。什么女人的幸福，简直笑话！你移情啦？真扯淡！怎么把情移到碎木柴上啦？你不是明明把对方看作碎木柴才结婚的吗？对吗，阿悠？"——这位精神上的父亲，认真盯着这个俊美的儿子。他那昏花的老眼半明半暗，当他极力瞧着一种东西时，眼角便刻上了难以形容的凄凉的皱纹。"你不要惧怕人生。你必须确信，痛苦和不幸绝不会来到自己身上。不负任何责任和义务就是美好的道德。美，无暇对自己不测的影响——负责。美，无暇考虑关于幸福的事，更何况是他人的幸福……然而，正因为如此，美只具有使那些为之痛苦而将死的人获得幸福的力量。"

"我知道了，先生是反对堕胎的。您的意思是，这样做还不足以使康子痛苦，一定要逼她到想离婚也不能离婚的地步才甘心，所以需要有个孩子，对吧？不过，如今康子已经够苦的了，康子是我的妻子。五十万日元我还给您。"

"你的话自相矛盾，又说康子是你的妻子，又千方百计使她很容易同你离婚。这到底是怎么回事？你害怕未来。你想逃脱。你害怕一生从旁看到康子的痛苦。"

"可是我的痛苦又有谁管呢？我现在很痛苦，我一点儿也不幸福。"

"你以为这是罪过吗？为此，你苦恼，悔恨，苛责自己，这又何苦呢？阿悠啊，别糊涂，你好好想想，你绝对是无辜的。你不是靠欲望而行动的。罪恶是欲望的调味品，你只是尝了点儿调味品，脸就苦成这副样子。你和康子分手，又能怎么样呢？"

"我想自由。说真的，我也不知道自己为何一定要照先生的话去做。我一想到我是个没主意的人，就一阵难过。"

这种平庸而天真的独白爆出火花，终于变成了切实的呐喊。青年说道：

"我想转变，我要变成一个现实的存在！"

俊辅倾听着。这是他第一次听到他的艺术作品发出的悲叹之声。悠一神色悒郁，又加了一句：

"我对秘密的存在已经厌倦。"

……此时，俊辅的作品第一次开口说话了。从青年激烈而美丽的声音里，俊辅仿佛听到了镂刻完成的巨大名钟的音律，这音律满含着造钟人疲惫不堪的怨艾。

悠一孩子般絮絮叨叨的不平之声，使得俊辅微笑起来。这已经不是他的作品的声音了。

"别人说我美，我一点儿也不快活。我最喜欢大家称我快乐可爱的阿悠。"

"可是呀，"——俊辅的语气稍微平静下来，"你的种族注定不能成为现实的存在。仅就从事艺术来说，你的种族是对抗现实的最勇敢的敌手。这个道上的人似乎生来就担负着'表现'的天职。我老是这么想，表现这种行为，跨越现实，窒息现实，扼杀现实的命脉。这样一来，表现一直成为现实遗产的继承人。现实这东西，推动别物，反过来又被别物所推动；统治别物，反过来又被别物所统治。例如，推动现实、统治现实最彻底的现实担当者就是'民众'。但至于表现，就很难推动了。它岿然屹立，纹丝不动。这个担当者就是艺术家。唯有表现才能给现实以现实感。现实性不存在于现实之中，只存在于表现之中。现实比表现更加抽象化。在现实世界，人、男人、女人、情侣、家庭等，杂然而居。表现的世界则与此相反，它代表人性、男性化、女性化、真正的情侣、真正的家庭等等。表现抓住了现实的核心，而又不为现实拖住后腿。表现像蜻蜓点水，只翩翩掠过水面，伺机在水上产卵。

它的幼虫为将来能盘旋天上先在水中成长，它精通水中秘密，而轻侮水中的世界。这正是你们这个种族的使命。记得你曾向我倾诉过对于多数决定原理的苦恼，是吗？现在，我不相信你有这种苦恼。相亲相爱的男女之间，某些地方总有独创的东西。现代社会，恋爱的动机里本能占有的部分越来越稀薄。习惯和模仿插入最初的冲动，这是什么模仿？这是浅表的艺术的模仿。许多青年男女虽然愚痴，但他们都知道，唯有艺术描写的爱情才是真正的爱情，他们自己的爱情不过是拙劣的模仿罢了。

"最近，我观看了此道中一个男舞蹈家跳的浪漫的芭蕾舞，他扮演的情人这个角色，惟妙惟肖地表现了一个热恋中的男人的情绪。但是，他所爱恋的并不是眼前那个美丽的芭蕾舞女演员，而是那个暂时在舞台上跑跑龙套的年幼的弟子。他的演技使人看了如醉如痴，因为那是完全人工化的表演，他对舞台上那位漂亮的舞伴不抱任何欲望。正因为如此，他们表演的爱情，在那些少不更事的青年男女观众眼里，堪称这个世界上恋爱的龟鉴。"

不仅因为有俊辅三寸不烂之舌的一番说教，再加上年轻的悠一，平时在重大的人生问题上总是犹疑不决，当他迈出家门时把事情看得很重要，等临回家的时候又觉得是小事一桩，他总是把问题看得很简单。

康子一心巴望有个孩子，母亲也急等着抱孙子。康子的娘家人就更甭提了。况且，俊辅也希望他们有孩子！不管悠一如何把堕胎看成是为了康子的幸福，但首先他很难征得她的同意。妊娠反应越厉害，就越发使她变得顽强和执着。

在敌我双方都为之欢呼雀跃的形势下，悠一疾步奔向不幸，他被自己热烈的脚步搅得晕头转向。他把自己夸大成一位预见未来的预言家，想到自己的不幸就郁郁寡欢起来。当天晚上，他去了罗登，一个人喝了好多酒。他在过分思虑自己孤独的过程中，心情变得残忍了，同一个毫无魅力的少年一起到旅馆。他醉意朦胧，对着尚未脱去上衣的少年的脖子，拿起威士忌酒瓶就朝他的脊背上灌。那少年本以为他是开玩笑，所以也强作笑脸。当悠一注意到那少年一脸卑屈望着他的时候，心情更加忧郁起来。少年穿的袜子有个很大的破洞，这也是使他更增添一层忧郁的缘由。

他烂醉如泥，一动不动地睡着了。半夜里，他被自己的大声喊叫惊醒了。睡梦中他把俊辅杀了。透过黑暗，悠一惶恐不安地瞧着自己满把冷汗的手掌。

第十二章 Gay Party

　　满心烦恼，优柔寡断，悠一就这样挨到圣诞节，早已放过了堕胎的时机。一天，悠一心里同样悒郁不振，和镝木夫人第一次接了吻，这个吻顿时使她年轻了十岁。夫人问他圣诞节在哪里过。"圣诞之夜总得待在家里伺候伺候老婆。"——"哎呀，圣诞节我家丈夫一次也没陪过我，今年看样子也还是各玩各的啦！"——接了一次吻，悠一对夫人颇为得体的举止产生了好感。要是一般女子，这时就会急不可待，马上爱得昏天黑地，然而，夫人的爱情从此以后反而变得稳重而富于节制了，因为她从此摆脱了平日那种烦乱不安的心绪。悠一被她那鲜为人知的质朴的一面所爱恋，更加感到可怕。

　　圣诞节悠一另有约定，他将应邀参加在大矶山手一座住宅举行的 gay party。

大矶这座住宅，因为财产税关系，即使不卖掉也难以维持下去。于是加吉通过以前的一些老关系，将这座宅子租了下来。房主原是一家造纸厂的厂长，他死了之后，家属们在东京租赁一座窄小的宅子维持生计。他们每次来探望自己的老房子，眼见着这座比现在的住居大三倍、庭院宽十几倍的广大宅第，里面总是熙熙攘攘，人来人往，感到很奇怪。不论是不是由大矶站发车，晚上经过这里，总是能一眼瞥见房间里点着灯。从地方到东京的旅客们说，一看到这座住宅灯火辉煌，心里就泛起怀念之情。房主的遗孀也感到惊讶，她说，她一直对那里的豪华生活迷惑不解，一次经过那里一看，正张罗着开宴会呢，真是了不起呀。站在这座广宅大院的草坪上可以展望大矶的海面，如今在这座宅邸里究竟发生了什么事呢？没有人知道。

加吉青年时代十分走红，其后，作为同他的名声相匹敌的青年人，悠一总算可以充当他的后任了。然而时代变了。加吉（他可是个地道的日本人！）凭着他的美好相貌，潇洒地到欧洲转了一大圈，当时就连三井三菱公司的高级职员也望尘莫及。他和英国人巴特隆交往，数年后分手。加吉回到日本，在关西待了一些时候。当时，巴特隆已是印度的富豪，围绕在这位厌弃女色的青年身边的，有芦屋¹社交界的三个贵妇人。这位开朗、快活的白马王子，就像悠一为康子尽义务那样，对三位庇护者轮番献殷勤。印度人生肺病，加吉对这个易于感伤的大汉子态度也很冷淡。今天，年轻的情人们集合一大批同类，在楼下寻欢作乐，乱成一团；这当儿，楼上向阳的房子里，印度人躺在藤椅上，胸口捂着毛毯读《圣经》，他读着读着哭了。

战时，加吉是驻法国大使馆参赞的秘书，他被看成间谍，私生活神出鬼没，人们以为他是履行公务。

战后，加吉及早把大矶这座宅子弄到手，供熟人居住，在经营上大显身手。他现在风采依旧。就像

1　大阪神户之间的高级住宅区。

女人不长胡子，他也不长年龄。加上 gay 社会崇拜阳具——这是他唯一的宗教——对加吉不竭的生活能力从不吝惜赞叹和敬意。

那天傍晚在罗登，悠一有些疲倦，面颊比平时稍显灰白，那轮廓清晰的脸庞显得心神不宁。"阿悠，你今天眼睛潮润润的，好不动人！"阿英说。他想，大概就像那眺望大海、眼睛疲劳的轮船大副的眼睛吧。

悠一一直隐瞒家有妻子，这种隐秘竟也成为他大发醋意的一个因由。他看到窗外岁末大街上的热闹景象，回想起最近一个时期心绪不安的日子，犹如新婚初期，悠一又害怕黑夜了。怀孕以后的康子需要持续不断的热烈的情爱，需要无微不至的呵护和关怀，其结果，正如悠一以前曾经感受的，使他不能不想到自己简直成了一名无偿的娼妓。

"我很贱，我是一个玩具！"他常常这样贬损自己，"康子既然如此便宜地买到一个男人的意志，忍受一些不幸也是当然的。尽管是这样，我却像个狡猾的女佣，这不是对自己的不忠吗？"

事实上，悠一躺在所爱的少年身边的肉体，和躺在妻子身边的肉体，两相比较，后者要廉价得多。这种价值的倒错，使得一般人眼中天生一对的美丽的年轻夫妇，改变了实质，不知不觉变成一种冰冷的卖笑关系或无偿的卖淫关系。这种被人们沉静的目光所忽视的缓慢的病毒，既然毫不间断地侵蚀着悠一，那么到头来，谁能保证，一旦悠一身处这种过家家似的小圈子之外，亦即这种木偶娃娃般的夫妇关系圈子之外，就不再继续受到侵蚀呢？

例如，悠一一直在 gay 社会里忠于自己的理想，他只结交那些自己喜欢的更年小的少年。这种忠实自然是对同康子闺房关系不忠实的一种反叛。本来，悠一就是为了忠于自己而认识这个社会的。然而，受迫于自己的软弱和俊辅不可思议的意志，悠一对自己不忠实了。照俊辅的话，这就是美乃至艺术的宿命。

悠一的长相，外国人看了十之八九会着迷。他讨厌外国人，一概拒绝。有个外国人气急败坏地跑到罗登，砸毁了楼上的一块窗玻璃，还有一个患上忧郁症，无故扭伤了一位同居少年的手腕子。那些瞄准老外很想捞一把的家伙，因此对悠一十分尊敬。他们对这个践踏却不会毁掉自己的饭碗的"存在"，抱有一种受虐的敬意和亲爱之情。为什么呢？因为我们无时无刻不在梦想向自己生活的源泉进行无害的复仇。

话虽如此，悠一出于天生一副好心肠，极力做到拒绝别人时也不伤害对方的心。他看着那喜欢自己而不为自己所喜欢的可怜的一群，总是认为自己是用看待可怜的妻子一样的目光看着他们。怜悯和同情的动机，容许掺杂轻蔑的献身，这种献身反而滋生某种优游自适的 coquetterie[1]。从探望孤儿院的老妇人母性的柔情中，可以窥见这种年老之后心静气闲的coquetterie。

……一辆高级轿车穿过杂沓的街道在罗登前面停下来，紧接着又停下一辆。"绿洲"阿君做了一个骄傲的旋转姿势，迎着进来的三个外国人，抛去一个得意的眼神。出席加吉宴会的一伙，以悠一为首，包括外国人一共十个。

---

1 法语：献媚，媚态。

　　三个老外一看到悠一，眼里流露着微微的期待和焦虑。今夜在加吉的家里，谁将和他同床共枕呢？

　　十个人分乘两辆轿车。洛蒂从车窗递进来赠送加吉的礼物，这是一瓶绘有柊树叶子的香槟酒。

＊

　　到大矶的行程将近两个小时。车子一前一后跑完京浜第二国道，又沿着旧东海道公路向大船方向驶去。少年们大声喧嚷着，一个机灵鬼膝盖上抱着一只空包，准备回来装大钱用的。悠一没有坐在外国人旁边。副驾座上坐着一位金发男青年，贪婪地盯着反光镜，镜子里映出的是悠一的面孔。

　　星斗阑干。青瓷色冬夜的天空布满繁星，像无数降不下来的冰凝的雪片，闪闪烁烁。车内的暖气开得很足，悠一身旁坐着一位曾经同他发生关系的多嘴多舌的少年，他告诉悠一，那位副驾座上的金发少年，刚来日本时不知在哪儿学到一句话，当他乐不可支的时候，就大喊"天堂！天堂！"弄得对方哑然失笑。这样一个小故事竟然逗得悠一大笑不止。反光镜里的眼眸和他的眼眸时时相碰，那蓝色的眼睛瞥了一下，随后把薄薄的嘴唇贴近镜面，接了个吻。悠一一惊，唇形的镜面微微模糊了，留下一弯胭脂红。

九时到达。停车场已经停着三辆高级车。音乐打窗户里流泻出来，窗内闪动着匆忙的人影。风很大，很冷。少年下了车，把刚剃的头缩进深蓝色的衣领。

加吉出门迎接新来的客人。他的脸蹭着悠一送给他的一束冬玫瑰，用戴着大猫眼石戒指的右手潇洒地和外国人握了手。他醉眼朦胧，向每个人祝贺圣诞节，包括那个白天在家里卖腌菜的少年。"Merry Christmas to you！"他打着招呼。这一瞬间，少年们感觉好像到了外国。这个道上的少年很多人跟情人到过外国，报纸上列着大标题"跨越国界的侠义心肠，赠给家政留学生"报道的事迹，大都是来自他们。

大门里面是约有二十铺席的大厅，中央立着圣诞树，上面坠着蜡烛小电灯泡，此外没有别的灯光。圣诞树上架着扩音器，长时间播送着唱片的舞曲。大厅里先到的二十多个客人在跳舞。

这个夜晚，在伯利恒，一个纯洁无垢的婴儿从没有原罪的母胎里降生了。这里跳舞的男人们，都像"义人"约瑟夫一样庆祝圣诞节，也就是祝贺自己对今夜出生的婴儿不负责任。

男人们跳着舞，开着不平凡的玩笑，所有舞客的脸上都浮现着反抗的微笑，表明他们这样做并非被人强迫，而是出于一种单纯的玩笑。他们边跳边笑，一种扼杀灵魂的笑。城里舞场上翩翩起舞的男女，他们亲密的舞姿表现了流畅的冲动的自由；而男人与男人手挽手跳舞的样子，使人觉得被冲动强迫的颇不随意的束缚之感。为什么男人们本非出于真心而硬要装出互相爱慕的样子呢？这是因为这种爱，必须在冲动之上添加一层黯淡的意味才能成立……舞曲变成了快节奏的伦巴，他们的舞姿狂热起来，变成了淫荡。他们装作自己的动作完全是受到音乐的逼迫，一味疯狂地旋转着，甚至有一对互相嘴对嘴地倒在地上。

先来的阿英，被一个又矮又胖的外国人揽在怀里，朝您一递了个眼色。少年半带微笑，半锁着双眉。那小个子外国人一边跳舞，一边频频咬住少年的耳朵，他用眉笔描黑的胡子不断弄脏少年的面颊。

于是，悠一看到了他当初描画的观念的归结，确切地说，他看到了这种观念得到完整的实现，并且更加具体化了。阿英的嘴唇和牙齿依然很美，不用说，就连被弄脏的面颊也很可爱。但是，这种美里已经看不到一点儿抽象的影子了。他纤细的腰肢在毛茸茸的手臂里扭动着。悠一无动于衷地移开了视线。

屋子里面围绕暖炉的长椅和板凳上躺着一堆人，交头接尾，如醉如狂，悲悲切切，嘻嘻闹闹，看上去，就像一块灰暗的大珊瑚。不，至少有七八个男人，身子的某个部分紧紧贴合在一起了。还有一对，互相搂着肩膀，脊背听任另一个男人的爱抚，下一个男人将自己的大腿压在身边的人的大腿上，同时又用自己的左手抚摸左边男人的胸脯。那里荡漾着低沉而甜美的爱抚和倾诉，正如傍晚氤氲的夕霭。脚边的地毯上俨然坐着一个绅士，内衣纯金的纽扣从袖口露出来。他眼前的板凳上一个少年正被三个男人抚摸着，一只脚上的袜子也脱掉了。绅士把脸孔紧贴在少年的光脚板上，吻了一下。少年的脚心被人亲吻，立即娇滴滴地尖叫起来。他的身体向后一挺，波及了所有的人。但是，其他人毫无反应，像栖息海底的水兽沉默不动。

加吉走到悠一身旁，递给他一杯鸡尾酒。

"这次宴会真热闹，你知道我是多么高兴啊！"这个忙里忙外的老板，说起话来也带着年轻人的口气，"我说，阿悠啊，今晚有个人要见你。他是我的老熟人，你对他可不要太冷淡了。这人的浑号叫'蒲柏'。"——他说着，瞅着大门，眼睛立即放光了。"瞧，他来啦！"

一个很有派头的绅士出现在光线黯淡的门口，一只洁白的手摆弄着上衣的纽扣。他迈动所谓"人工的步伐"，犹如一个机器人，上一次发条就向前跨一步，朝着加吉和悠一这边走来。一对舞伴打他身旁走过，他哭丧着脸，转过头去。

"这位是蒲柏先生，这是阿悠。"

听到加吉的介绍，波普向悠一伸出那只洁白的手。

"你好啊！"

悠一直勾勾盯着那副阴郁不快的油光光的面孔。这人，是镝木伯爵。

第十三章　通好

　　"蒲柏"是镝木信孝奇特的爱称，他过去喜欢亚历山大·蒲柏的诗歌，遂戏以为自己的命名，不知底细的人也这样称呼他了。信孝和加吉是旧交，十多年前，两人在神户东洋饭店相识，一起住了两三个晚上。

　　悠一练就一种本事，在这样的宴会上即使碰到意想不到的人也毫不在乎。这个社会使外界社会解体，打乱了外部社会的秩序，再次进行奇妙的排序——例如，排列为 C、X、M、Q、A——这个社会就像一个魔术师，能够轻而易举地对社会进行重新组合。

　　然而，镝木原伯爵的改变着实叫悠一感到意外，他好大一会儿没有去握蒲柏伸过来的手，这使信孝更为惊讶，他像一个酒鬼，醉眼朦胧地盯着美青年，说道：

"原来是你！原来是你呀！"

他又转头看看加吉说：

"我这回呀，长年的经验失灵啦，对他可是头一回啊！你看，他这么年轻就娶了老婆。第一次见到他是在他的婚礼宴席上。没想到，赫赫有名的阿悠就是这位悠一君！"

"阿悠成家了？"加吉学着派头十足的外国人，故作惊讶地问，"哈，这倒是第一次听说哩！"

于是，悠一的秘密逐渐露馅了。不到十天，他有妻子的消息将会传遍这个社会。他所居住的两个世界，各自的秘密会逐渐互相侵犯而破解，对于这种稳健的速度，悠一抱有恐惧心理。

悠一要寻找一个逃脱恐怖的靠山，他再次回头看看镝木原伯爵，想努力改变对蒲柏的看法。

那种心神不安的渴望的目光，总是借助寻求美丽的同类的探求欲。正如衣服上擦也擦不掉的污迹，信孝风貌中流露出的某种可厌，还有那莫名的令人不快的柔弱和厚颜无耻相混合，似乎硬挤出来的可怕的声调，精心造作出来的自然，所有这些，都说明他在努力创造一种假象，使人觉得他的的确确是个同类。悠一记忆里保留的一切片断的印象，就此很快获得了一定的脉络，变成一个确实的典型。这个社会有两种独特的作用：解体作用和收敛作用，而后一种作用则十全十美。镝木信孝就像一名通缉犯，通过手术改变面貌，在平常那张脸孔下边，巧妙地隐藏着为人所不知的肖像画。大凡贵族都善于韬晦之术，要作恶必先隐恶，可以说，信孝找到了贵族的幸福。

信孝朝悠一的脊背推了一把，加吉将二人引到空着的长椅上坐下。

五个白衣少年端着盘子穿过人群，送来了洋酒和糕点。这五个人都是加吉的宠嬖，很奇怪，他们每人都有些地方长得像加吉，因此看上去好似五兄弟。一个眼睛像，一个鼻子像，一个嘴唇像，一个背影像，一个额头像。将他们组合起来，一个青春时代的加吉的肖像就活生生出现了。

这幅肖像画摆在壁炉架上，四周围绕着人家送的鲜花、柊树叶和一对蜡烛，镶着漂亮的黄金画框，微显黯淡的颜色衬托出充满性感的橄榄绿的裸像。这是加吉十九岁那年春天，一个溺爱他的英国人当面亲手为他画的。这位年轻的巴克斯[1]像，诡秘地笑着，右手高举着香槟酒杯，额头缠绕着常春藤，裸露的脖颈上随便套着绿色的领带。他身体倚在桌子上，一只胳膊支在将桌子盖了一半的桌布上，仿佛用力压着白色波浪的船桨，极力撑起一个酣然沉醉的船体般重重的身躯。

这时，音乐变为桑巴，跳舞的人们退到墙边，灯光照在楼梯口紫红色的天鹅绒帷幕上，帷幕剧烈晃动着，一个半裸的少年，扮成西班牙舞女出现了。这是一个十八九岁杨柳细腰、婀娜多姿的少年郎，头上缠着猩红的布巾，金丝缀成的猩红的乳罩盖在胸间。他跳着，那一副清凛、冷艳的肉感有别于女人黯淡的优柔与缠绵，得力于简洁而圆活的线条和光感，动人心弦。少年一边跳舞，一边仰过脸来，在他回过头去的当儿，向悠一明确地传递着眼神。悠一闭着一只眼

1 罗马神话中的酒神，相当于希腊神话中的狄奥尼索斯。

回答他，于是，默契达成了。

信孝没有放过这个眼神，他刚才初次知道悠一就是那个"阿悠"之后，心中的整个世界都被悠一占领了。因顾及自己的面子，蒲柏从来没有光顾银座附近那家店，最近各处都在盛传"阿悠"这个名字，心想，那只不过是这个道上的普通美少年，多少有些出众的姿色罢了。他半怀着好奇心，托加吉给他介绍一下，谁知竟是悠一。

镝木信孝是诱惑的天才，到现在四十三岁，已经结交了上千个少年。是什么吸引了他呢？美并不能引诱他走入渔色之路，倒是恐怖和战栗征服了信孝。此道上的快乐之中总有一种甘美的不自在的感觉，正如西鹤[1]所吟咏的那种风情："落花荫里伴郎玩，好似同狼一处眠。"信孝一直在寻求新的战栗，或者说，唯有新的东西才能使他战栗。他不记得自己曾经将美作过精密的比较和品鹭，也决不把眼前所爱的人的面容和曾经所爱的人的面容加以比较。犹如一道光线，

---

[1] 井原西鹤（1642—1693），江户前期浮世草子作家、俳句诗人，代表作有《好色一代男》等。

情念照亮了某一个时间和空间。这时的信孝感到，自己正被我们正常生命进程以外的新鲜的裂痕所吸引，这个裂痕宛如引诱自杀者的悬崖一般，具有不可抗拒的诱惑力。

"这小子危险！"他心里思忖着，"从前，我一直把他当成一个溺爱妻子的年轻的丈夫，当作人世黎明的道路上一匹锐意驰驱的年轻的奔马，即便看到他的俊美，也感到心平气静，从未想到将这匹奔马引入自家的小径。现在，我蓦然发现悠一就在这条小径上，此时，我的心被震撼了！这是危险的闪电！我记得，过去第一次看到走上这条道的青年，当时，也是这种闪电照亮了我的心，我打心里就迷上了。刚喜欢的时候，我就知道有一种预感。自那以来二十年了，今天又一次遇到同样强烈的闪电。可以断言，较之这次闪电，以前从千余人身上感应到的闪电只是一根线香的光亮。最初的心跳，最初的战栗，即将决一胜负。总之，我要尽早和这位青年上床！"

他善于一边爱，一边观察，他的视线具有透视的能力，他的话语暗藏着机诈。自看到悠一的一瞬间，信孝就一眼洞穿腐蚀这个无与伦比的俊美的青年的一种精神毒素。

"啊，这青年已经屈从于自己的俊美，他的弱点是美貌。他意识到美的力量，他的后背留有树叶的痕迹[1]，要盯住这一点！——"

信孝站起来，向在阳台上醒酒的加吉身边走去。这时候，刚才同在一辆车上的金发外国人和另外一个上了年纪的外国人，争着要同悠一跳舞。

信孝一招手，加吉马上进来，外头一股寒气袭上信孝的领口。

"有什么事吗？"

"嗯。"

加吉伴随这位老朋友来到二三楼之间可以观望海景的酒吧，窗前的墙壁旁边装着落地灯，一个侍者卷起袖子充当服务生。这个侍者很老实，是加吉过去在银座酒吧带过来的。可以看到左前方远处地岬上一

---

1 典出《尼伯龙根之歌》，齐格弗里德在诛灭毒龙后用龙血沐浴，以求全身刀枪不入，不过他沐浴时有一片树叶落在背部，该处未沾到龙血，成为致命弱点。

闪一灭的灯塔。院子里干枯的树梢簇拥着星空和海景。窗户受到冷暖空气的夹击，擦过后又立即蒙上一层水汽。两个人都半开玩笑地要了女人喝的鸡尾酒。

"怎么样？挺不错吧？"

"小伙长得很帅，还真没见过哩！"

"外国人都惊呆了，可没有一个能降服他。他特别讨厌老外。那小子总有十个二十个相好的吧？净是比他年小的孩子。"

"越是难于到手，越是有魅力。现在的孩子，大多是见钱眼开呀！"

"好，试试看，不过此道上的猛男都感到棘手，直叫苦呢。蒲柏，这回就看您的手腕儿啦！"

"我想问问，"原伯爵用右手手指握住左手手心上的杯子仔细端详着，他在看着什么的时候，故意摆出一副似乎有人正在瞧着他的风情，就是说他同时扮演演员和观众两个角色，"……怎么说呢，那孩子有没有委身于他所不喜欢的人呢？也就是……怎么说呢，他是否完全委身于自己的美貌呢？他只要对对方怀有爱情和欲望，哪怕只是一点点儿，就不会纯粹委身于自己的美貌。就是这个道理……照你的话说，那孩子长得好看，但还没有这方面的经验，对吧？"

"我听说，要是有老婆，为了这个情分，还是应该和老婆住在一起啊！"

信孝低下眉来，他琢磨着老友这句话有什么暗示。他思考问题时，也同样摆出有人瞧看的一副派头。性格开朗的加吉，劝他先试试看，还乘着酒兴跟他打赌：以明天上午十点为限，十点之前要是蒲柏拿下悠一，加吉就把小指上的高级戒指送给蒲柏；反之，蒲柏就把镝木家藏的室町初期的泥金画砚箱送给加吉。自从在镝木家里看到那只艳丽夺目的厚实的泥金制品，加吉就一直垂涎不已。

两人下了二楼，又回到大厅。悠一已经和先前那个跳舞的少年跳起来了。少年新换了西装，喉咙管那里打了个漂亮的蝴蝶结。信孝意识到自己的年龄，男色家的地狱和女人的地狱都在一个地方，就是"老"。信孝明白，即使求神拜佛，也绝不会出现奇迹，使那位美青年爱上自己。想到这里，他觉察到自己的热情从一开始就明知是白费心思，是无限接近于理想主义的热情。谁要是爱理想，他也祈望为理想所爱。

悠一和那少年一支曲子跳了一半忽然停下了。两人躲进了枣红色帷幕，蒲柏叹了口气，说道：

"啊，上楼啦！"

楼上有随时可供使用的三四个小房间，每间房里都随便配置着床或躺椅。

"一个两个的，您就权当没看见，他们那样年轻，想开些。"

加吉说着安慰话，把眼睛转向百宝架，琢磨着从信孝那里赌赢的砚箱放在哪里合适。

信孝等着。一个小时光景，悠一又出现了，但此后一直找不到时机。夜深了，人们跳舞也疲倦了，但却像不熄的火焰一对对轮番继续跳着。墙边的小椅子上，坐着加吉的一个宠嬖，在打瞌睡，露出一张天真烂漫的面孔。一个外国人给加吉递了个眼色，这位宽容的老板笑着点点头。老外轻轻抱起瞌睡的少年，把他搬到楼梯入口帷幕后面的躺椅上去了。那个似醒未醒的少年嘴唇微微开启，长睫毛下的眸子好奇地眨巴着，悄悄地盯着搬运他的这个人的胸脯。他一窥见衬衣缝里金黄的胸毛，立即感到似乎被一只大黄蜂搂在怀里。

信孝在等待机会。聚会的人们大都是老相识，过一夜不会缺少话题。但信孝一心想着悠一，一切甘美的抑或淫靡的想象苦恼着他。蒲柏有一种自信，他绝不会把满心纷纭反复的感情流露出来。

悠一的目光时时停留在新来的客人身上。这位少年凌晨两点多和四五个外国人一起由横滨到达这里。他那双色大衣领子里露出黑红的斜纹围巾。一笑起来，整齐的牙齿坚实，洁白。留着小平头，头发和那雕刻般丰满的脸膛十分相称。他吸烟时动作尚不熟练的手指上，戴着一个嵌有大写拉丁字母的稀奇古怪的金戒指。

从这个野性的少年身上，悠一感到有着与悲戚、优雅的性感相应的情调。若把悠一比作雕刻的逸品，那么这少年身上就有着雕刻半成品的味道。他至少像一件仿制品，有不少地方和悠一很相似。那喀索斯为了一种不平凡的夸张，有时反而爱照哈哈镜，哈哈镜至少可以避免嫉妒。

新到的一群人和先来的客人在一起欢谈。悠一和少年并肩而坐，两人明丽的眸子互相看着，他们已经达成了默契。

可是，当他们两个手挽手离开座位的时候，一个老外突然过来邀请悠一跳舞。悠一不好拒绝。镝木信孝乘机来到少年身边，请他跳舞。他一边跳一边说道：

"你忘记我啦？阿亮！"

"怎么能忘呢？蒲柏先生！"

"现在你总还记得，听我的话没有吃亏吧？"

"我很佩服蒲柏先生的慷慨大方，大家都被您的气度迷住了。"

"你可真会说话，今天怎么样？"

"同您的话，自然没意见。"

"不过要马上就来。"

"马上？……"

少年有些犯愁。

"可是……这个……"

"比上回多给一倍好了。"

"哦，眼下不行，到明天早晨还有时间嘛。"

"说现在就得现在，过了这个村就没这个店啦！"

"可是已经有了主儿啦。"

"那可是一文不拿呀！"

"逮到个使我着迷的对手，哪怕押上全部家当也心甘情愿！"

"好大的口气！好吧，三倍再加一千，给你一万！然后把这贡献给他不好吗？"

"一万元？"——少年的眸子发亮了。

"你对我的印象真的那样好吗？"

"当然喽！"

少年虚张声势地喊道：

"您喝醉了吧？蒲柏先生。您真会吹牛啊！"

"你呀，把自己看得太轻贱了，真可怜啊！还是拿出点儿勇气来。好吧，先给你四千，剩下的六千完事儿再说。"

少年正为着西班牙斗牛舞曲的快步动作所烦恼，一边暗自盘算。先把四千拿到手，其余六千即便发生意外吹了，这笔生意也不坏。那就把悠一往后挪，可我应该怎么跟他说呢？

悠一靠在墙边抽着烟，等待少年跳完这支曲子，他用小手指轻轻敲打着墙壁。信孝横扫了他一眼，发现这位神采焕发的青年，如今浑身充溢着一种甘美的迫不及待的冲动。

这一场跳完了。亮介向悠一身边走去，打算跟他说清楚，悠一没有在意，他早已扔掉烟头，转身离开了。亮介跟着他，信孝又跟在亮介后头。悠一登上楼梯，亲切地把手搭在少年的肩膀上，这下子少年更难开口了。他们来到楼上小房间门前，悠一打开门，信孝一把拉住少年的腕子，悠一惊讶地转过头来。他看到信孝和少年默然不语，青春的眉眼隐藏着嗔怒的情绪。

"您要干什么？"

"我和这孩子约好了。"

"可我在先头呀。"

"这孩子到我这里尽孝心来了。"

悠一歪着脑袋，勉强地笑一笑。

"不要开玩笑啦！"

"开玩笑？不信你问问他，他想先要谁？"

悠一拍拍少年的肩头，那肩膀在战栗。他怪难为情，又不想暴露内心，气急败坏地一边瞪着悠一，一边甜言蜜语地哄着他：

"好啦，回头再找你。"

悠一要揍这少年，信孝一把拦住。

"哎，不要动手嘛，我这就给你好好说清楚。"

信孝抱住悠一的肩膀，进了小屋，亮介正要跟进去，信孝抢先哐当一声关上门，外面传来那少年的怒骂。信孝反手迅速拧紧门栓，他让悠一坐在窗边的木凳上，给他一支烟，自己也点上一支。那少年还在一个劲儿敲门，不久就用脚踢门。过一会儿安静下来，他恐怕已经明白是怎么回事了。

房间里忠实于某种气氛。墙上挂着一张水彩画，恩底弥翁[1] 沐浴着月光躺在牧草和鲜花丛中睡着了。开得很足的电气暖炉，桌子上摆着干邑白兰地、刻花

1　希腊神话中为月亮女神所爱恋的牧羊美少年。

玻璃水瓶、电唱机。平时住在这里的外国人，只在有宴会的夜晚才将这些对来宾开放。

信孝将十张唱片顺次放在电唱机里，摁下开关，又心平气和地倒了两杯白兰地。悠一霍然站起身想出去，蒲柏用深沉而温和的目光盯着这位青年，拦住了他。这目光里有着不寻常的力量。悠一被一种不可理解的好奇心束缚住了，他坐着没有动。

"放心吧，我并不想要那个孩子。我给他钱笼络他，这才给你造成了麻烦。不这样我就找不到机会和你慢慢聊呀。一个见钱眼开的孩子，你用不着性急。"

老实说，悠一的欲望从他要打那个少年时起，就猝然消退了。然而，在信孝面前，他不想表露这种心情，他像被捕的年轻间谍一样一言不发。

"我要跟你说的，"蒲柏继续开腔了，"也没有什么大不了的事。我只是想和你好好聊聊，能听一听吗？我呀，想起在你结婚那天第一次见到你的时候了。"

镝木信孝那冗长的独白，要是原原本本都写出来，一定会使读者感到腻烦吧。加之，里外一共十二面唱片舞曲的伴奏。信孝对自己的一张嘴很有自信，语言的抚慰要先于手臂的抚慰。他掏出心要使自己变成一面映照悠一的镜子，镜子背面潜隐着信孝自身的老迈、欲求、巧致和计谋。

信孝不管悠一赞同与否，只是一个劲儿说下去，其间时常夹杂着"已经厌了？""听烦了就说吧，我就闭嘴。""这个你不爱听吗？"等等之类的话语。开始是一副软弱可怜和恳求的口吻，接着就露出绝望的神色，最后满怀自信，未等悠一开口就认为他面带微笑就是一种否定的表情。

悠一不感到无聊，他绝不会无聊。为什么呢？因为信孝的独白，说的全是悠一的事。

"你的眉毛显得多么清濒、健爽！照我的话说，你的眉毛就是那、那什么……怎么说呢？可以说表现了一副朝气蓬勃的纯洁的决心（他被比喻难住了，呆然凝望着悠一的双眉，沉默了好大一会儿。这是一种催眠术师常用的技巧）……尽管如此，这眉毛和深深忧郁的眼睛达到了绝妙的调和。眼睛表现你的命运，眉毛表现你的决心。两者之间时有战斗。每一个青年都需要战斗。就是说，你的眉眼是青春战场上最英俊的青年军官的眉眼。同这眉眼相称的帽子，恐怕只有希腊的头盔了。我有多少次梦见你的美啊！多少次想和你说说话呀！可每次见到你，我就像一个少年，所有的话语都卡在喉咙管儿了。我可以确信，你是我过去三十年间所见到的美青年中最拔尖的一个，没有任何一个青年比得过你。你怎么会爱上阿亮这样的人呢？照着镜子好好瞧瞧，你在别人身上看到的美，一概来自你的误解和无知啊！你从他人身上发现的美，尽皆储藏于你的身影之中，已经没有再发现的余地了。你'爱'上他人，说明你太缺乏自知之明了。你一生下来就是完美无缺的！"

信孝的脸孔渐渐挨近悠一的脸孔，他巧舌如簧，滔滔不绝对着悠一的耳朵谄媚。这种将阿谀奉承的话语一味向对方耳朵里硬灌的谄媚方式，真是无与伦比！

"你根本不需要名字。"原伯爵断然地说道，"带有名称的美算不得什么。什么悠一呀，太郎呀，次郎呀，我可不是靠这些名字唤起一种幻影来欺骗自己啊！你的人生所具有的作用根本不需要名字。为什么？因为你是一种典型。你登上了舞台，你的角色就是‘青年’。没有任何人能够担当起这个角色。完全靠个性、性格和名字、充其量只能扮演青年一郎、青年约翰、青年约翰内斯。但是、你的存在就是青春焕发的青年们的总称。你是一切国家的神话、历史、社会和时代精神中出现的可视‘青年’的代表。你是体现者。没有你，所有青年的青春只能被埋没而不得显现。你的眉毛汇聚着千千万万青年人的眉毛，你的嘴唇是千千万万青年人的嘴唇设计的结晶。你的胸脯，你的手臂……"——信孝隔着冬装袖子，轻轻揉搓着青年的两只胳膊，"……你的腿，你的手掌也是，"——他进而用肩膀抵着悠一的肩膀，凝神注视着青年的侧影，伸出一只手拧灭桌子上的电灯。

"别动，我求求你，就这么待着，多么漂亮啊！天就要亮啦！空中发白啦！你感到那半个脸上出现的微茫的曙光了吗？可是，你的这半个脸依然是黑夜。在黎明和黑夜的交汇之处，浮现出你的完整的面颜。求你了，不要动。"

信孝感到，黑夜和白昼交接的纯洁的时间里，浮现着美青年雕像般的容颜，这瞬间的雕刻已成为永恒之物。这容颜为时间带来永远的形态，将某段时间的完整的美固定下来，从而使自身变为不朽。

窗帷忽然打开了，窗玻璃映出了白茫茫的风景。这座房间的位置一点也不妨碍看到大海。灯塔困倦地眨着眼睛，海面上泛起浑浊的白光，支撑着黎明前黑暗天空上的凌厉的云层。院子里冬天的树木，犹如经晚潮冲刷过的漂流物，无精打采地交叉着枝叶。

悠一被深深的睡意所侵扰，不知是因为醉酒还是因为困倦，情绪不振。信孝的话语所描摹的画像走出镜面，徐徐压在悠一的身上，那头发也压在靠着长椅的悠一的头发上。肉感重叠肉感，肉感刺激肉感。这种梦幻般的肉体重合的感觉，无法简单地说明白。精神小睡于精神之上，不借助任何官能的力量，悠一的精神和已经重叠一半的另一个悠一的精神合为一体了。悠一的额头触摸着悠一的额头，优美的眼眉触摸着优美的眼眉。那睡意蒙眬的半张半合的嘴唇，紧贴着他所描摹的自己俊美的嘴唇……

拂晓第一道闪光从云隙漏泄下来。信孝放开捧着悠一面颊的双手。他已经脱掉上衣放在身旁椅子上了，空出来的手迅速褪去肩头的背带，又捧起悠一的面颊，再次将他那假装正经的嘴唇压上了悠一的嘴唇。

——上午十点，加吉极不情愿地把他收藏的猫眼石戒指交给了信孝。

第十四章　特立独行

新的一年，悠一虚岁二十三岁，康子二十岁。

南家的新年是在家里过的，这个新年本来是应该好好庆祝一番的，一来康子怀孕，二来悠一的母亲也格外健康了。不过，今年的新年总觉着笼罩一层暗云，其种子是悠一播下的。

他一次次在外面过夜，最糟糕的是他越来越懒得尽自己的那份义务。有时他也作出反省，认为自己脾气太拗，可就是这个拗脾气，害得康子吃尽了苦头。听到亲友们谈起自己的家庭，说眼下很多做妻子的，即使丈夫一个晚上不回家，也要跑回娘家去。悠一天生的好心眼儿都被他忘了，不顾母亲的忠告和康子的哀求，好几次执意不在家里过夜。人也变得越来越沉默，很少显露那一口洁白的牙齿。

然而，悠一的倨傲并不能使人联想起拜伦式的孤独。他的孤独不是思想的行为，而是出于生活的需要。无能为力的船长只好哭丧着脸，默默观望着自己的船沉没下去。不过，这种毁灭的速度显得确实而有秩序，就连悠一有时也感到，一切罪责不在自己，而只是单纯的自我崩溃作用罢了。

新年过后，悠一突然提到要去担任一家什么公司总经理的秘书，当时母亲和康子也没把这事放在心里，等到听说经理夫妇来访，母亲立即惊慌失措起来。悠一顽皮地故意不说出经理的名字，那天母亲到门口迎接，一看，不是别人，第二次又见到了镝木夫妇，使她大吃一惊。

当天午前小雪霏霏，午后天气阴冷。原伯爵守在客厅煤气炉前边，摆出要和炉子谈判的架势，正襟危坐，伸着手烤火。伯爵夫人神采飞扬。这对夫妇显得如此亲密无间，倒是未尝有过。两口子互相调侃，不时对望一下，笑了。

康子到客厅问候客人，她在走廊上就听到这位夫人略显放肆的笑声。不用说，康子早就从直感上觉察夫人就是一个爱恋悠一的女子。但是，凭着这位孕妇特有的自然而神奇的洞察力，她看出使悠一疲于奔命的女人，既不是镝木夫人，也不是恭子，一定还有目不可见的第三个女人。康子想象这位被悠一死死隐瞒着的女子的容颜，与其说产生嫉妒之情，毋宁说感到了一种神秘的恐怖。结果，即便听到夫人刺耳的朗笑，康子一点儿也不感到嫉妒，她对自己平静的态度也毫不觉得奇怪。

康子尝尽了痛苦，不知不觉竟也习惯了。她像双耳直竖的聪明的小动物，考虑悠一的将来还要靠乡间父亲的栽培，所以从不将满心的苦恼向娘家漏一句。她这种落后于时代的耐性使悠一的母亲非常感动。她拿这个年龄段的古典的贞女对照媳妇，她的可贵之处更令人感动。康子不知不觉爱上了悠一隐藏于倨傲之后不为人知的忧郁，一个二十光景的年轻妻子，身上居然有如此宽大的襟怀，也许很多人对此都抱有疑问吧？然而，随着时光的过去，她坚信丈夫有某种不幸，她自己却无力治愈他的不幸，因而不但感到内疚，甚至觉得对他犯了罪。她认为，丈夫的放荡不是享乐，只是一种莫名的痛苦的表现。这种母性的思维里，有着成年人感伤的误解。悠一的痛苦近于道德的苛责，即便快乐也没有赋予一个相应的名称。他只有孩子般的空想，他以为假若自己像社会普通青年那样玩女人，也许会高高兴兴向妻子一一讲明白的。

"究竟是什么事在折磨他呢？"她想，"莫非他要搞革命吗？他如果爱上了什么而背叛我，那么他的昂奋的忧郁就不会始终涌现在他的脸上。阿悠决不会爱上什么人的，作为妻子，我有本能的直感。"

康子的想法只有一半是正确的，因为她觉得悠一不会爱上少年们。

大家在客厅里谈得很热烈。镝木夫妇过分的亲密表现，也不知不觉影响着悠一夫妇。悠一和康子谈笑风生，好像他们的夫妻生活里不存在一点云翳。

悠一不注意喝了康子杯子里的绿茶，他们都在聚精会神地聊着，没有留意到这个小小过失，事实上悠一自己也没有觉察。只有康子注意到了，她轻轻按了一下他的腿，无言地指指桌上的茶杯，笑了。悠一也感觉到了，不好意思地挠挠头皮。

这幕哑剧并未逃过镝木夫人敏锐的眼睛，夫人今天十分高兴，她希望悠一成为丈夫的秘书，如今这个愉快的愿望实现了。丈夫能够顺应她的要求使自己心满意足，她对他也满怀感谢之情。悠一当了秘书，夫人就能频繁地和他见面，至于丈夫接受她的请求其中必定另有隐衷，这一点她毫无所知。

夫人眼瞅着悠一和康子亲密无间的样子，正是这些不为人们所在意的细枝末节之处，更促使她联想到自己爱情中令她绝望的因素。这小两口儿都很年轻、漂亮，尽管悠一和恭子之间存在那些问题，但看到这对和和美美的小夫妻，就会使人想到悠一确实像个体育运动员。这样看来，比起恭子，自己更缺乏被爱的资格，然而，她始终没有勇气正视自己所处的地位。

夫人和她的丈夫之所以表现出过分的亲昵，其实还另有一番心思，她希望在悠一的心里激起嫉妒的波澜，虽然这种打算几乎是梦想。夫人每当和恭子见面，总是感到很不自在，为了报复，她甚至想随便领个青年男了来让悠一瞧瞧。但是，夫人对悠一的一番情分，使她十分害怕这样做会伤害他的自尊。

　　夫人看见丈夫肩头粘着一根白线头，拿掉了。信孝回头问她："什么事？"当他知道是怎么回事之后，心里很吃惊，妻子本不是这样的女人啊！

　　信孝的东洋水产公司，是一家利用海鳝皮制造提包的公司，他起用过去的管家担任秘书。这位举足轻重的老人，一直管他叫"先生"，而不称"经理"。谁知两个月前，老人得脑溢血死了。信孝物色继任人时，妻子漫不经心地提到了悠一的名字，信孝含含糊糊回答："秘书本来就是个打工之类的闲差，让他干倒也可以。"妻子揣摸着丈夫的意思，一副故作镇静的神情。信孝从她的目光里，一眼看穿妻子对这事很关心。

　　没料到，这步棋一月之后成为信孝乔装打扮内心隐秘的挡箭牌。新年一过，他马上主动让悠一担任秘书，暗地里也把妻子拉下水。这时，夫人显得十分积极，她一本正经地夸奖起悠一理财的本领来。

　　"那青年看来对这一行很精明啊！"信孝说，"以前经人介绍的大友银行的桑原君，听说是他的老校友。东洋水产曾经从桑原君手里得到过一批贷款，他也十分赞赏悠一君能干。他说，那样一笔繁杂的账目，悠一独自一年之间就清理完了，真不简单！"

"那就马上叫他来吧！"夫人说，"要是他不愿意，那就去南君家中问候一下老太太，我们俩一起去，好吗？"

信孝忘记了自己长年以来像穿花蝴蝶一样到处拈花惹草的习性，自打出席加吉的宴会以后，他似乎一天没有悠一就无法生存下去。悠一后来又有两次满足了他的要求，但丝毫没有爱上信孝的意思，信孝只是枉自多情。悠一不喜欢在外头过夜，两个人都怕别人看到，只好利用郊外的旅馆。信孝那副很会摆阔气的派头，使悠一感到惊讶。他为了迎接悠一，自己一人订两个晚上的旅馆，经常以"商谈要事"的名义相约。当悠一很晚回去以后，他一个人即使无事也要再住上一宿。没有了悠一，这位中年贵族反而被一种无可凭依的热情所驱使，穿着睡衣独自在室内转悠，最后倒在地毯上打滚儿。他发狂地小声地千百遍喊叫悠一的名字。他喝干悠一喝剩的葡萄酒，点燃悠一丢下的纸烟头。为此，他恳请悠一把吃了一半、印上齿痕的点心留在盘子里。

信孝对悠一的母亲说，他想让悠一到社会上学习一些本领，悠一的母亲看到近来儿子的生活有些放荡，打算借此机会好好搭救他一把。可到底还是个学生，再说毕业后也有了固定的工作。

"濑川岳父家的百货公司不是有了你的一份差事吗？"母亲盯着悠一，也是说给信孝听的，"濑川岳父想叫你好好用功读书的，这事儿在决定之前总得跟他商量一下才好。"

他回望着母亲随年龄渐渐衰老的眼睛，这个老人对未来满怀信心！这般岁数的人说不定明天就撒手归西了……悠一想，对未来毫无信心的反而是青年人。老人概因惰性而相信未来，而青年缺少这种年龄的惰性。

悠一抬起那双美丽的剑眉，孩子般地表示强烈反对。

"别说啦，我又不是养子！"

康子听了向悠一脸上扫了一眼，她想，悠一对自己的冷淡也许就是自尊心受到损害而作出的报复吧。看来，该轮到她开口了。

"我跟父亲说说，叫他照你喜欢的做好了。"

于是，悠一说他已经和信孝商量好了，这种帮忙不会影响自己的学习。母亲请信孝好好管教悠一。母亲的嘱托过于认真了，所以听起来有些不太入耳，她想，信孝这种人总有办法教育好这个宝贝浪荡儿子的。

事情基本谈妥了，镝木信孝请大伙儿一起吃饭。母亲推辞不去，但信孝的盛情难却，又说有车子送她回家，她动心了，做好出发的准备。傍晚瑟瑟地下起雪来，她在法兰绒的围兜里暗暗塞进一个怀炉保护肾脏。

五个人乘着信孝的豪华轿车到了银座，来到银座西八丁目一家餐馆。饭后，信孝又邀请去跳舞。悠一的母亲也没有拒绝，说这回可要看看那些可怕的玩意了。她想见识见识脱衣舞，可是今夜舞厅里没有这样的节目。

悠一的母亲颇有节制地夸奖着那些裸露身子的舞伴的衣服："真好看，真合体！那斜纹里的蓝色实在漂亮！"

悠一浑身感到就连自己也难以说清楚的凡庸的自由。他觉得自己把俊辅这个人给忘了。这次关于秘书的事，还有同信孝的关系等，他决心不让俊辅知道。这个小小的决心，使得悠一变得开朗起来，甚至时时和他跳舞的镝木夫人也禁不住问道："是什么事使你如此开心？"青年凝神望着女人的眼睛，声音里含着媚态。

"真的不知道？"

刹那间，镝木夫人胸中涌起了使她闷绝的幸福心情。

第十五章　无计可施的星期日

　　春天还很遥远。一个星期日，悠一和头天晚上睡在一起的镝木信孝，于上午十一点在神田车站检票口分手了。

　　昨夜，悠一和信孝发生了小口角，信孝没有征求悠一同意而预约的旅馆，悠一一气之下给退掉了。信孝百般示好，最后把青年带到神田附近的一家情人旅馆凑合着住了一宿。他们害怕在熟悉的酒店过夜。

　　这个晚上很惨，没有房间，只好安排在一间十铺席大的蹩脚的宴会厅里。没有取暖设备，冷得像寺庙的殿堂。这是混凝土建筑里一间破败荒寒的日式宿舍，他俩把萤火一般大小、里面横七竖八插满纸烟头的火钵放在中间，肩头披着外套，气呼呼谁也不愿瞧谁一眼。一个大大咧咧的女侍进来整理床铺，弄得尘土飞扬，他们呆呆望着她那肥硕的脚来回走动。

"啊，不安好心吧？干吗那么瞧着我呀！"头发泛红、脑子有点儿毛病的女侍说道。

旅馆的名字叫"旅游饭店"。房客一打开窗户，就能看到隔壁背对着这边的舞厅的乐池和洗手间的窗子。夜间的窗户上闪烁着霓虹灯时红时蓝的光亮，寒冷的夜风从窗缝里钻进来，屋子里像冰窖一般，墙纸也都剥落了。相邻房间里有一男二女，看样子喝醉了，不停发出肉麻的叫声，一直持续到三点。黎明早早映现在没有挡雨板的窗玻璃上了。连废纸篓也没有，废纸只好塞进抽屉里。人人都想到了这一点，所以长长的抽屉满满登登全是纸屑。

一个温雪的天气阴霾的早晨，舞厅里从十点就响起干涩的吉他弹拨声。寒气逼人，悠一一出旅馆就加快了脚步。信孝上气不接下气地紧跟着他。

"经理，"青年对信孝喊道，心里轻蔑多于亲切，"我今天得回家，我总觉得不回去不好。"

"我刚才不是说过了吗？今天一整天都要在一起的。"

悠一睁着有些醉意的俊美的眼睛，冷冷地说：

"您这样一意孤行，我们的关系长不了啦！"

蒲柏和悠一一起过夜，对这个可人儿的睡姿总是看不够，经常彻夜不眠。这天早晨，脸色也很不好，青黄、浮肿。他很不情愿地点点头。

载着蒲柏的出租车开走了，悠一独自留在尘土飞扬和一片喧嚣的大街上。想回家，那就检票上车吧，可这青年还是把买好的票撕了。他转身向车站后面一排排饮食店走去。小酒馆一律挂着"今日休息"的牌子，寂然无声。悠一来到一家很不显眼的店铺前敲门，里头有人问是谁。"是我！"悠一回答。"哦，是阿悠！"话音一落，毛玻璃门拉开了。

逼仄的店堂里，四五个男人弓腰围着一只煤气炉，他们一同回头招呼悠一。然而，他们的目光看不出有什么新奇的感觉。悠一早已是他们的同伙了。

店老板是个四十光景的干瘪汉子，脖子上缠着方格子花围巾，披着外套，下头露出了睡裤。店里正有三个青年在聊天，他们各自穿着漂亮的羊毛滑雪衫。还有一位衣着怪诞的老年顾客。

"啊，好冷，多么冷的天哪！虽说也出了太阳。"

大家说着，一齐向门口望去，毛玻璃上斜映着微弱的阳光。

"阿悠，去滑雪了吗？"一个青年问道。

"不，没去。"

悠一一跨进店就看出这四五个人碰到今天星期日没有去处，才集中到这里来的。男色家的星期日很可怜。他们感到，这一整天，不属于他们的白昼的世界，完全控制了主权。

剧场、咖啡馆、动物园、游乐场、大街、郊外，到处都是"多数决定原理"在高视阔步。老年夫妇、中年夫妇、青年夫妇、情侣、家庭、小孩、小孩、小孩、小孩、小孩，还有那该死的童车队列，一边欢呼，一边前进。悠一要想学他们，同康子一起逛马路，那也很容易办到。无奈头顶上苍天有灵，一眼就能识别真假。

悠一思索起来。

"假如我真想做个独立的自我，那么在这种晴朗的星期日，就只能把自己关进这种毛玻璃牢房里。"

聚集在这里的六个同类，互相已经有些腻烦了。他们不愿交换凝滞的目光，只有一个劲儿地十年如一日，旧话重提。什么美国影星的绯闻，什么某显贵原是自己同类的传说，还有夜间的闺房秘事、白天里猥亵的笑话等等，都成了他们的话题。

悠一并不想待在这里，但也不打算到别的地方去。我们的人生，总是不时朝着稍好一些的方向拨正船头，但是，这一刹那满足里所感到的"稍好一些"的喜悦，却给自己心中不可能实现的热望带来了耻辱。正因为这样，悠一刚才为了要到这里来，才甩开了信孝。

要是回家，康子会用羊羔似的眼睛守望着自己吧？那双眼睛只是一味表达："我爱你，我爱你。"她的妊娠反应到一月底就停止了，但乳房敏感的疼痛依然很明显，这使康子想到昆虫，它们通过易于疼痛的敏感的紫色触角同外界保持联系。悠一对康子乳房的敏锐的疼痛抱着神秘的恐怖。

最近，康子每当快步走下楼梯，乳房就微微颤动，感到一阵钝疼。触着贴身内衣也是疼。有个晚上，悠一要抱她，她说疼，将他推开了。这个意外的拒绝，对于康子来说也没有想到，这只能说是本能促使她作出的微妙的复仇。

悠一顾忌着康子，这种心情慢慢变得很复杂，可以说是一个反面的证明。作为一个女人，他看妻子无疑比镝木夫人、恭子都年轻得多，具有令人心动的魅力。客观上考虑，悠一的放荡是不合道理的。有时他看到很有自信的康子心里感到不安，便故意用笨方法暗示自己同别的女人有来往，康子听了嘴角含着微笑，仿佛说"好可笑"，那安然若素的样子大大伤害了悠一的自尊心。这是因为，只有康子最清楚悠一不爱女人，这种时候，悠一的恐惧和自卑势必时时威胁着他。于是，他执拗地用一种奇怪的残酷的理论为自身开脱。如果康子正视自己的丈夫不爱女人这一事实，那么她就会打一开始觉得自己受了骗，无可挽回了。但是，世上好多丈夫不爱妻子，这种不爱事实上从反面证明过去是爱过的。所以关键是要让康子知道，这种不爱正是对她的爱。为此，悠一现在必须放荡一些，要更加堂堂正正地不同妻子同床共寝……

尽管如此，悠一无疑还是爱过康子的。这个年轻妻子躺在他身旁沉睡的时候，大多都是在丈夫入睡之后，但康子有时因为疲倦先睡着了，悠一便安下心来望着那张美丽的睡脸。只有这时候，他心中才会涌起喜悦之情，因为他自己拥有了这样的美。他感到奇怪的是，这个世界为何不允许这种不受任何伤害的"完美的占有"存在呢？

……"想什么呢，阿悠？"

一个客人问道。这里的三个客人都和悠一发生过关系。

"或许在回味昨晚上的好事吧？"

老年客人从旁插话了，接着又把视线转向门口。

"好晚呀，我的宝贝儿。难怪呀，我们这把年纪，都是急也急不得、拉也拉不动的人啊！"

大伙儿都笑了。悠一感到恶心，一个六十好几的花心老人，等着另一个六十好几的情郎。

悠一不想再待在这里。回家吧，康子会笑脸相迎。给恭子打电话，她会立即从一个地方飞跑而来。去镝木家，夫人苦涩的表情将充满喜悦。要是拖住信孝，今天一整天，他为了获得悠一的欢心，叫他在银座大街中心徒手倒立也情愿。如果给俊辅打电话，——对了，悠一好些时候没见他了——那苍老的声音会在电话里变得更加尖利……悠一不能不感到，斩断一切联络，使自己继续待在这里，是一种道德上的义务。

所谓"回归自我"就是如此吗？那种美好的作为就是如此吗？说是不使自己变得虚假，那么，虚假的自己就不是自己吗？诚实的根据在哪里？难道就表现在下面这样的一瞬间里吗？——过去的一瞬间，悠一为了自己外在的美，为了使人看到自己的存在，把一切都舍弃尽净；如今的一瞬间，对一切都感到孤立，对一切都无所寄托。他在爱恋少年的瞬间，接近后者。是的，这个自我就像海洋一样。海洋的准确深度，是指何时的深度呢？是他的自我达到退潮的极限，那种 gay party 的拂晓，还是像现在涨潮时，一无所求、一切都变成多余的时刻呢？

他又想会见俊辅了。他认为他和信孝的关系光是瞒住这位好好老人还不过瘾，现在还得厚着脸皮对他撒个谎。

*

这天上午的时间，俊辅全用来读书，读了《草根集》，读了《彻书记物语》。这些书的作者正彻[1]，是中世纪的一位僧侣，传说是定家[2]的转世灵童。

在中世文学众多作品中，有几部传世的作品，他对于两三位歌人、两三部作品十分执着，给予极高的评价。如吟咏永福门院阒无人迹的幽邃庭院的写景歌，如《御伽草子》中叙述那位少爷为侍卫中太顶罪而被父亲斩首这种奇特理念的《破砚》，养育了这位老作家的诗心。

《彻书记物语》第二十三条写道：若有人问吉野山在哪里，只要随口吟出"吉野樱花艳，立田红叶鲜"就够了，不必回答是在伊势还是在日向。记住在

---

1 正彻（1381—1459），室町时代僧人、歌人。原名正清，出家后称正彻，号招月庵，一称彻书记。歌集《草根集》，收入和歌一万一千余首。

2 藤原定家（1162—1241），镰仓时代歌人、歌论家。著有《新古今和歌集》《新敕撰和歌集》等。

哪里又有什么用？无意记住而记住，自然知道吉野就是大和。

"诉诸文字的青春也是如此。"老作家想，"'吉野樱花艳，立田红叶鲜'，除此，青春还会有别的定义吗？艺术家青春已逝的后半生，都在追寻'青春的意义'，他踏遍青春的乡土。结果怎么样呢？认识已经打破'樱花'和'吉野'之间肉感的调和，'吉野'失去普遍的意义，成为地图上的一点（或已逝时代的一个时期），只不过表明'大和国之吉野'罢了……"

他一味沉浸于这种徒然的思考，其间不知不觉联想到悠一，这不足奇怪。正彻有这样一首清纯美好的和歌：

对岸画舫来，牵动万人心。

阅读这首歌，老作家有一种不可思议的激动之情。他联想到那些站在河岸边等待船来的群众，心地纯净，全都聚精会神盯着渐渐靠近的河船。

这个星期天，将有四五个客人来访。老作家这种同年龄不大相符的热心里，夹杂着几分轻蔑，他要证实自己的这种心情，接待了这些客人；同时也想证实一下这种感情之中仍然保有青春的要素。全集重新出版，负责校订的崇拜者不断前来求教。这又怎么样呢？将作品中的全部错误，做一些排版上的订正，又能怎么样呢？

俊辅想去旅行。他耐不住这种没完没了的星期日。悠一长期没有音讯，老作家感到凄恻不已。他想一个人到京都去。

这是至深的抒情的悲伤，是悠一杳无音信致使中断写作而受挫的悲伤，这种可谓未完成的呻吟，自四十余年以来，早已为俊辅所遗忘殆尽。这呻吟是青春时代最灰暗、最恺郁、最潦倒阶段的复苏。这是似是而非、突然中断的某种命运的未完成，是充满屈辱的嗤之以鼻的未完成。这是坦塔罗斯[1]每当伸手摘取果子，而果子和树枝同时被风飘起，嘴里永远感到饥

1　希腊神话中的宙斯之子，因冒渎神明，在地狱里永受饥渴之苦。

渴难耐的未完成。从那个时代的某一天起——已是过去三十余年的往昔——在俊辅身上诞生了一个艺术家。从此，这个"未完成之病"消失了。代之而来的是完美开始威胁着他，完美成了他的痼疾。这是一种无害的疾患，是没有病灶的疾患，是没有病菌、高热、心悸、头疼和痉挛的疾患。这是和死最相似的疾患。

他知道，要治疗这种病症就只有死。他的肉体之死之前，先有他的创作之死。此外，接踵而至的是创造力的自然之死，他时而气急败坏，时而心情明朗。他一旦不再写作，额头就猝然刻上艺术的皱纹，神经痛在膝盖上产生浪漫的疼痛，胃部也不时品尝艺术的胃痛。而且，头发也变成了艺术家的白发。

打从会见悠一之后，他的理想的作品里充溢着经完美的痼疾而治愈的完美，以及"活"的疾患经治愈而获得的"死"的健康。这应该是从所有一切之中获得的快瘳。从青春，从老迈，从艺术，从生活，从年龄，从处世之智慧，或者从狂妄……以颓废克服颓废，以创作之死克服死，以完美克服完美，老作家将这一切梦想全部寄托在悠一身上了。

……这时，蓦然之间，一种青春的怪病再发，一种未完成和窝心的挫折之感，于创作的途中袭击了俊辅。

这到底是什么？老作家在命名上犯起犹豫，是命名的恐怖使他犹豫。实际上，这不正是思恋的特质吗？

悠一的面影整日整夜不离俊辅的心。他恼怒，憎恶，他用卑污的言语暗暗咒骂这个负心的青年。这时，他对这个青年的强烈的轻蔑反而使他心情安然。他嘴里曾大肆称扬悠一完全没有精神性，现在又蔑视这种精神性的完全缺失。悠一的青春负气，放荡不羁的哥儿癖性，那种率意而为、庸俗可厌的自我欣赏，旧病复发的诚实，反复多变的纯情可爱，还有那眼泪等等，将这些性格上的零碎拾掇起来讪然一瞥，发觉没有一样是俊辅本人青春时代所具备的。于是，他又陷入黯淡的嫉妒之中。

他一度抓住的悠一这个青年的人格，如今变得扑朔迷离起来。他感到自己过去对这位美青年一无所知。是呀，一无所知！他不爱女人的证据究竟在哪里？他不爱少年的证据究竟在哪里？俊辅不是一次也没有亲临现场吗？可是现在又怎么样了呢？悠一已经是个非现实的存在了。若论现实，只是用毫无意义的变幻欺瞒我们的眼睛，否则，它又能如何欺瞒一个艺术家？

虽然如此，悠一徐缓地——如目前这样的悄无声息——至少在俊辅看来，悠一总是想成为独立的自我，想成为一个"现实的存在"。他如今出现在俊辅眼里的是一个不确定、不知情，而且具有现实肉体的美丽的姿影。夜阑人静，在这座大都市某个地方，悠一眼下所拥抱的是康子、恭子、镝木夫人，还是那些不知名字的少年？想到这里，俊辅再也无法入睡了。每逢这样的时候，第二天他就去罗登，但悠一不在那里。他屡屡同悠一在罗登见面，对于俊辅来说并非出于本意。当时他害怕碰上那个挣脱他的羁绊的青年，他会怀着不即不离的心情跟自己打招呼吧？

今日这个星期天尤其难熬。他从书斋的窗户里望着温雪天气的庭院里的干枯的草地。那枯草的颜色微微显得温润、明丽，仿佛被淡淡的阳光照耀着。他受到错觉的侵扰，定睛一看，依然不见日光。俊辅合上《彻书记物语》，收起来了。他在巴望什么？是阳光？是下雪？他冷瑟瑟地搓着布满皱纹的双手。他又俯视着草地，这时，他真切地看到，那寂寥的庭院渐渐蒙上了一层微弱的阳光。

他下楼来到庭院，一只越冬的灰蝴蝶在草地上挣扎，他用脚上的木屐踩死了。他坐在院子的一角，把一只木屐翻过来瞧着背面，鳞粉似霜雪闪耀。俊辅心里感到一阵畅快。

幽暗的回廊上出现了人影。

"老爷，围巾，围巾！"

老女佣毫无顾忌地大声呼喊，手里挥动着灰色的围巾。她正要换上院子里的专用木屐，这时黑暗的屋子里响起急促的电话铃声，女佣转身跑回去了。俊辅梦幻般地听着那断续的沉闷的声响，心跳加快了。

一个每每令他失望的幻影又出现了，这次该不是悠一的电话吧？

*

他们相约在罗登见面。从神田站到有乐町，悠一下了电车，轻快地穿行于杂沓的人群之中。随处都是结伴而行的男女，那些男人，没有一个比得上英俊的悠一。女人个个偷眼瞄着悠一，不拘小节的女子禁不住频频回首。在这一刹那，女人们的心全都飞离了身边的伴侣。悠一切实感受到这一点，一时陶醉于厌恶女人的抽象的幸福之中。

白天的罗登，顾客也和世上普通的咖啡馆没有什么不同。青年坐在里边常坐的那张椅子上，解去围巾，脱了外套，伸手在煤气炉上取暖。

"阿悠，好久没来了，今天和谁约会呀？"洛蒂问道。

"和老爷子呢。"悠一回答。俊辅还没有到，对过的椅子上坐着一个尖嘴猴腮的女人，戴着脏污的手套，食指交叉，正和一个男人亲切谈话。

悠一确实等得有些不耐烦了，就像一个调皮的中学生在讲台上安下了什么机关，急等老师快点儿来上课。

十分钟过后，俊辅来了。他穿着一件黑色天鹅绒竖领大衣，手里提着一只大旅行箱，默默走到悠一跟前坐下。老人上下打量着悠一，眼里闪闪发光。悠一看到他的脸上浮现着无可名状的愚痴的表情。这是当然的。俊辅的老毛病又犯了，他心里又在琢磨干蠢事了。

咖啡的香味打破了沉默，他俩开始磕磕巴巴地交谈起来。这时，俊辅反倒像个内向型的青年。

悠一说：

"好久不见了，因为快要学年考试了，很忙。家里也是一团糟。还有……"

"算啦，算啦。"

俊辅立即全部原谅了他。

好一阵子没有见面，悠一变了。他的话语句句包含着成年人的秘密。往昔，他在俊辅面前毫无顾忌暴露的伤疤，如今已经紧紧缠上了消毒的绷带。悠一简直像一个没有任何烦恼的青年了。

"随你怎么撒谎吧。这个青年已经结束了坦白的年龄了。不过，年龄所流露的诚实依然浮现在额头上。这种诚实很符合他现在的年岁，他不再坦白，而是相信凭谎言可以蒙混过关。"

俊辅心里这样想着，接着问道：

"镝木夫人怎么样了？"

"我就在她的身边。"他想，俊辅一定从哪里听到他当秘书的消息了，"她不把我弄到跟前就没法活下去。她笼络住丈夫，把我推上她丈夫秘书的位置，这么一来，不出三天就能见上一面。"

"那女人原是挺有忍耐力的，她不会暗地里耍手腕的！"

俊辅神经质地大声反驳。

"可她现在就是这样。"

"别再护着她了，该不是你早已迷上她了吧？"

这话说得文不对题，悠一差点儿笑出声来。

从此，两人再也无话可说了。他们就像一对情侣，本来满心的话要说，等一见面就忘得一干二净。俊辅急急忙忙端出了自己的计划。

"今晚我要到京都去。"

"是吗？"悠一毫无兴致地朝那皮箱看了看。

"怎么样？和我一起去吧。"

"今晚吗？"

美青年瞪着眼睛。

"接到你的电话，我就下决心今晚出发。瞧，我买了两张二等卧铺车票，也包括你的。"

"不过，我……"

"给家里打个电话，我来帮你说。旅馆是车站附近的洛阳饭店。也可以告诉镝木夫人一声，叫她拉着伯爵一起来。那女人听我的话，今晚上车之前，我要和你在一起，我可以带你到你喜欢的地方去。"

"可我的工作……"

"工作放一阵子也没关系嘛。"

"还有考试……"

"考试用的书我来买，两三天的旅行能读完一本就不错了。怎么样？阿悠。你的脸显得有些疲倦，旅行可是最好的疗养，到京都好好放松一下吧。"

悠一在不可思议的强制面前又显得无能为力了。他想了一会儿，同意了。其实，这种临时决定下来的旅行似乎很合他的心愿。即使不如此，像这般不知所措的星期日，总是暗暗催逼他到什么地方去。

俊辅打电话果断地拒绝了两个约定，热情使他比平时变得更有作为了。这趟夜车离发车还有八小时，俊辅一边想着那些白白等他见面的客人，一边按悠一的喜好，跑电影院、舞厅和饭馆，消磨时间。悠一根本没把这位保护人放在眼里，可俊辅自己却感到十分幸福。

他们俩饱享了平凡都市的一桩桩快乐，醉醺醺地在大街上轻快地走着。悠一拎着俊辅的提包，俊辅喘着粗气像年轻人一样大踏步前进。他们各自陶醉于"今宵无归处"的自由之中。

"我今晚无论如何都不想回家啦。"悠一突然说道。

"年轻的时候，我也有过这样的一天。看到别人都活得像老鼠，而自己无论如何都不想成为一只耗子。"

"碰到这一天该怎么办呢？"

"总之，像老鼠一样咯吱咯吱啃时间吧。啃个小洞，即便逃脱不得，也能将鼻子伸出去。"

两人挑了一辆新车，叫司机开往车站。

第十六章　旅行前后

到达京都那天下午，俊辅租车带悠一去醍醐寺。车子驶过山科盆地冬天的原野，窗外展现着各色各样的风景，附近监狱里的犯人在修筑道路，好像摊开中世纪黑暗的故事绘卷，两三个犯人伸着头好奇地瞅着车内。他们穿着深蓝的工作服，令人想起北方的海色。

"真可怜啊！"

一味耽于人生享乐的青年这样说。

"我可什么也没看到。"爱说风凉话的老人说，"到我这样的年纪，已经没有了想象力，也不再害怕自己将来到底会怎么样。老后的幸福就剩这一点了。不仅如此，所谓名声也在起着奇怪的作用。无数素昧平生的人一起凑过脸来，仿佛都是我的债主。他们认为我应该有无数种感情，我被这样的期待压碎了。其中哪怕有一种感情不具备，就会被人骂作没有人道。以慈善对不幸，以祝福对幸运，以理解对恋爱，就是说，我的感情银行里应该储备一些黄金，以便应付世上无数流通的纸币前来兑换。否则，银行就失去信用。而我如今已经充分失去了信用，倒可以安心了。"

车子钻进醍醐寺的山门，停在三宝院门前。他们领略了四方形前院的风景，这里生长着闻名的垂枝樱。这座院子被整理成四方形的"冬"，一个精心加工成的"冬"。他们进入写有"鸾凤"两个大字、横着影壁的大门，被人引到突出院外的阳光普照的泉殿，坐在椅子上。这时，上述那种感觉越发深沉了。这座庭院被一种经统摄、抽象化以及精密计算而制作出来的人工的"冬"所占领，早已没有真正的"冬"介入的余地了。甚至每一块石头的排列，都能使人感到一个端丽的"冬"的形态。

湖心岛上有姿态优美的松树，院子东南的小瀑布冻结了。人工装饰的深山遮蔽了院子南侧，宛若一片常绿树林。因而，这个季节院里的景象仿佛包裹在无边无际的丛林之中。

他俩等着管长出现的这段时间，悠一又获得聆听俊辅长篇说教的殊荣。据他说，京都各个寺院的庭园，是日本人对艺术认识的最明确的宣言。因为不论这座庭园的结构，还是最具代表的桂离宫赏月台的景观，以及赏花亭对后面深山幽谷的模仿，都是极端的人工化对自然的巧妙的摹写，其中包藏背叛自然的企图。自然与艺术作品之间，有着媚俗的隐秘的叛逆之心。艺术作品对自然的谋叛，犹如卖笑女子精神的不贞，阴柔而深切的虚伪，多以媚态的形式，装出一副力图依偎自然而原封不动摹写自然的样子。然而，没有比寻求自然近似值的精神更具人工化的精神了。精神隐身于自然的物质山石、林泉之中。此时的物质不论如何坚固，内部总是受到精神的侵蚀。物质处处受到精神的凌辱，山石、林泉的本来的物质被阉割，成为造设庭园的某种柔软、盲目精神的永恒的奴隶。这是遭受幽闭的自然！这种古老闻名的庭院，牵系着对于所谓艺术作品这种目不可见的虚假的女体的肉欲，犹如一群忘却本能的杀伐使命的男人，在我们面前显示着他们充满倦怠的婚姻生活，里面掩藏着无尽的忧郁情结。

管长这时候来了。他与俊辅道过契阔，带他们到另外的房间，为满足俊辅的恳求，向他们展示了这座密宗寺院珍藏的一帧世俗小说绘卷。老作家是想给悠一看的。

书末记载着元亨元年的日期，冬天的阳光照在榻榻米上展开的绘卷之上，这是后醍醐天皇时代的秘本，命名为《稚儿乃草子》。悠一看不懂上面的说明词，俊辅戴上眼镜，流利地读起来：

> 开田川畔仁和寺，某高僧居之。年长，熏修三密之行法，灵验无比。然终不弃狎亵之癖，常择童侍中一尤可人者，寝之。僧无论贵贱，已逾春秋盛时，虽尽施其术，终难遂意。其情疾，风情似明月浸地，流矢越山。因此童非属本意，随夜夜修书，呼乳母之子名中太者速来以庖代之……

　　这段素朴而明确的说明文字之后是一幅男色画，充盈着温馨、稚拙的肉感。悠一好奇地一节一节看得入了神，俊辅没有留意，他的思绪由"中太"这个侍从的名字，转移到《砚破》中名字相同的家臣。令人怜爱的少爷主动为一名家臣抵罪，至死未开口说一句话，这样的心理即便从小说简洁的叙述笔法中，也可想象出或许有某种默契。于是，"中太"一词就成为这种角色的共同称呼，只要一听到这个名字，不就仿佛看到那个时代人们的凄凉的微笑吗？

　　这种学究式的疑问，在回程的车子中一直萦绕于俊辅的脑子里，直到在饭店大厅里意想不到地碰见镝木夫妇，这个悠闲的念头才忽然消失得无影无踪。

　　"你感到惊奇吧？"

　　穿着貂皮短大衣的夫人伸过手来说，坐在后边椅子上的信孝表情十分沉静地站起身来。一刹那，大人们都显得极不自然，只有悠一一人品尝着自由的滋味，因为在这种时候，美青年才美滋滋地对自己异乎寻常的力量充满信心。

　　俊辅一时摸不清这对夫妇的意图，他在茫然无措时总是显出一脸严肃的神色。然而，凭借小说家的洞察力，从面对这对夫妇第一眼的印象中，他猛然泛起了如下的联想：

"这对夫妇如此亲热倒是头一次见到。看来又在想点子干坏事了。"

事实上，镝木夫妇最近确实很亲密。也许在对待悠一上，两人都在利用对方而彼此感到过意不去，甚至满怀感激，所以夫人对丈夫比以前变得温柔了。夫妇非常情投意合，两口子泰然自若围坐在被炉里，随便翻阅着报纸、杂志，夜深了，天花板上有响声，他们同时敏锐地抬起头来，时时互相对望着，笑了。

"你最近变得神经过敏喽。"

"你才是呀。"

说罢，两人都抑制不住莫名其妙的心跳。

还有一个难以置信的变化，夫人像个家庭主妇了。每当悠一为着公司的事要到镝木家里来，她就守在家中不出门，又是亲自给悠一做点心吃，又是送他编织的袜子。

在信孝眼里，夫人开始织毛线，最使他感到可笑。

不知打哪里听说夫人要给悠一织夹克，他特地买来好多进口毛线，故意模仿模范丈夫，支棱着两手帮妻子桄毛线。这时候，信孝内心那种冷静的满足感是无法类比的。

镝木夫人如此敞开自己的恋心，当她觉察从这种爱情里一无所获时，心里反倒畅快起来。这种夫妻关系本来是不自然的，但是她的迟来的恋爱并没有伤害丈夫的体面。

起初，夫人那种镇定自如的样子使得信孝惶悚不安，他担心，莫非妻子真的同悠一搞到一起了？不久，他才明白，这种危惧过于盲目了。夫人故意向丈夫隐瞒恋心——正因为这是真诚的恋心，所以夫人要本能地加以隐瞒——正如信孝那种可耻的恋心也要瞒住妻子一样，两者如一对孪生姊妹。结果，每当他被危险所引诱，想和夫人一道谈谈有关悠一的传闻时，夫人就赞扬悠一如何美貌，反而促起他对悠一平素的种种不安，在这个时候，他也和世上的丈夫总是嫉恨妻子的情人一样，说几句悠一的坏话。

等到听说悠一突然要去旅行，这对亲密的夫妻更加团结一致了。

"我们到京都追他们去，怎么样？"信孝说。

不知为何，夫人早知道信孝会这样做的，他们第二天一早就急匆匆上路了。

信孝夫妇就是这样在洛阳饭店大厅同俊辅和悠一见面的。

悠一从信孝的眼睛里看到几分卑屈的神色。给他的第一印象是，信孝的责骂十分缺乏权威性。

"你把秘书这个角色当什么了？秘书不见了，经理在夫人陪伴之下到处寻找不着，谁见过这样的公司？下次务必注意！"——信孝转眼发现了俊辅，他无所顾忌地露出社交般的微笑，加了一句："桧先生真会引人上钩啊！"

镝木夫人和俊辅争相庇护悠一，而悠一并不打算道歉，只是冷冷地盯着信孝，信孝十分恼火和不安，再也说不出话来。

到吃晚饭的时候了，信孝想到外面吃，其他人说累，夜晚不愿到冷飕飕的街上去，于是到六楼食堂围着一张桌子坐下来。

镝木夫人穿着男式花呢西装，十分合体，再加上旅途劳累，看起来有一种说不出的美丽。她的脸色不太好，肌肤带着栀子白，幸福使她微微沉醉，又像病恹恹的样子。信孝深知妻子那抒情的脸色意味着什么。

悠一感到，这三个大人只要提到有关悠一的事，就会超越起码的常识，相互信任而趋于一致，在这一点上，他们都无视悠一的存在。例如俊辅，他竟然随心所欲，硬要拉着一个在公司上班的青年出外旅行；而镝木夫妇呢，又想当然地跟着追到京都来。大家都把自己行动的原因推给对方。例如，信孝早就成竹在胸，他说妻子要来也就只好来了，从而为开脱自己找到了借口。如果对这些赶来京都的理由冷静地分析一下，总觉得极不自然。即使同桌吃饭，他们四个人都在小心支撑着这张触之即破的蜘蛛网。

四人一同喝着君度酒，各人都微带醉意。信孝一味贩卖自己的宽仁大度，这使悠一感到可厌。他在俊辅面前，反复自夸对妻子如何尽孝，请悠一做秘书也是为了妻子，这次出外旅行更是妻子的主意。信孝像个小孩子一样只顾吹嘘，悠一对他的虚荣心很是看不惯。

在俊辅眼里，这种愚蠢的坦白并不奇怪，一些关系冷淡的夫妻，丈夫常拿妻子的不贞作最好的诱饵，以便促使自己青春再现。

镝木夫人因悠一昨天给她打电话，心情尤其好。她确信，悠一来京都的真正缘由是为了逃避信孝而不是逃避自己。

"这个青年的心思实在叫人捉摸不透，所以总显得很新鲜，什么时候见了，都是一双俊美的眼睛，都是一副充满青春活力的微笑。"

夫人换个地方见到的悠一又别有一番新鲜的魅力，她的诗一般的灵魂被这些细微的灵感打动了。不知怎的，和丈夫一起见悠一成了她心灵的支柱。最近她和悠一两个人面对面在一起谈话，并不使她感到愉快。逢到这时，她变得心绪不宁，心里总是七上八下。

这家饭店直到前不久还是专供外国实业界人士住宿的，采暖设备齐全，他们一伙儿坐在一扇窗户旁说话时，可以看到京都车站明丽、热烈的街景。夫人看到悠一的烟盒空了，便从手提包里拿出一盒悄悄装进青年的口袋。对于她的这个动作，俊辅极力装作没看见，而信孝将妻子的一举一动看在眼里，却又显得已经公认了似的，说道：

"夫人，向秘书行贿可没有什么好处啊！"

信孝真爱装腔作势，俊辅感到这个人十分滑稽可笑。

"这种没有目的的旅行真好。"夫人说，"明天大家想到哪儿去呢？"

俊辅凝视着这位夫人，她很漂亮，但缺少骇人的魅力。

俊辅以往迷恋过她而被信孝钻了空子，他爱的就是这女人丝毫没有精神性这一点。但是，如今的夫人和那时不同了，她完全忘记了自己的美丽。老作家盯着夫人吸烟，她点了一支，每吸两三口就放在烟灰缸上，转眼她又忘记，再点上一支新的。每一支烟都是悠一用打火机给她着的。

"这女人的这番丑行，简直就像一个下作的老处女！"

俊辅想。复仇已经做到了十分。

当晚因旅途劳累，本该早些上床睡觉，可是一些小事驱散了大家的睡意。事情的起因是，信孝怀疑俊辅和悠一的关系，对于今夜房间的分配提出建议：俊辅和信孝一间房，夫人和悠一一间房。

信孝提出这个荒谬的方案，这个无耻的行为使得俊辅想起他昔日的做派。这就是凭借卫道者的华族身上所具有的天真以及对他人冷暖的极端麻木的力量，贩卖无道义的宫廷式的流风逸韵。镝木家族是堂上华族[1]的一支。

"好久没在一起聊了，真叫人高兴。"信孝说，"今晚这么早就睡觉太可惜了，先生也熬夜惯了吧？酒吧已经关门了。怎么样，叫侍者把酒送到房间里来，先干上几杯！"——然后他转向夫人，"你和南君都困了，别管我们，先去睡吧。南君也可以睡在我房里。我到先生的房间里听他闲聊去，说不定就睡在那里了。

---

1 华族系指 1869 年到 1947 年间存在的日本贵族。"堂上华族"则属于位列公卿（朝廷、官宦）的一派。

你们安心地睡觉吧。"

悠一当然拒绝，俊辅也大吃一惊。青年向俊辅使眼色，求他援助。信孝一眼瞥见了，心中充满醋意。镝木夫人呢，已经习惯于丈夫的这种安排。不过，眼下不同，因为对方是自己的意中人悠一。她本想对丈夫的无理行为大加训斥，但又眼见着平素的热望即将实现，这一诱惑实在难以抗拒。她想绝不能被悠一小瞧了，这心情使她很苦恼。一直引她而来的正是这种崇高的感情，现在应该对此加以舍弃的机会到来了，否则，单凭她个人的力量不可能再有这样的机会了。这种心理斗争仅仅几秒钟时间，她下这番决心虽非出自本意，但心情很高兴，犹如长年的战争终于结束了。她面对自己心爱的青年，感到自己温柔的微笑就像娼妇卖笑一般。

然而，在悠一的眼里，镝木夫人从来没有像现在这般柔情似水、充满母性。他听见夫人这样说：

"这样也可以，老爷子们就随他们去吧。我好些日子睡眠不足，眼角都起皱纹了。一个人不可能再添皱纹，才可以通宵想干什么就干什么。"

她回头看看悠一。

"阿悠，还不休息吗？"

"哎。"

悠一急忙装作无比困倦的样子，这种明显拙劣的表演，使得镝木夫人如醉如痴。

事情的进展自然有些意外，俊辅已经没有更改的余地了。只是他弄不明白信孝的意图是什么，刚才听他那副语调，好像夫人和悠一的关系已经成为既定事实，他也特别加以认可似的。对于信孝这种心理，他实在没法理解。

俊辅也不知道悠一怎么想，看不出突然的转机来。他坐在酒吧的安乐椅上，琢磨着应该找哪些无关痛痒的话题应付信孝。过不多久，他问道：

"镝木先生，你知道'中太'这个名字的意思吗？"

刚一说出口，俊辅想到那册秘本，就立即闭了嘴，因为这个话题会累及悠一的。

"'中太'是什么？"信孝向半空里瞧着，"是人名吗？"——酒量过半的信孝已经醉了。"'中太'？

'中太'？哦，这是我的雅号啊！"

这种胡言乱语的回答竟然歪打正着，使得俊辅睁大了眼睛。

四个人终于离开座位，乘电梯到三楼去，电梯在饭店的暗夜里静静下落。

他们的两间客房中间隔着三个房间。悠一和夫人一起进了最里头的三一五室，两人默不作声，夫人起身去锁门。

悠一脱掉上衣更觉得无聊，他像关在笼子里的动物，在房间里不停地转悠。他把空空的抽屉一一打开来看，夫人叫他去洗澡，他让夫人先洗。

夫人正在洗浴的时候，有人敲门，悠一过去开门，俊辅走进来了。

"我是来借地方洗澡的，那边房间的设备怀了。"

"请吧。"

俊辅抓住悠一的腕子，低声问道：

"你真有这份心思？"

"我腻味得要命。"

洗澡间传来夫人快活的喊声，这声音经天花板反射下来，听起来显得明朗而空寂。

"阿悠，进来一块儿洗吧。"

"哎？"

"门开着呢。"

俊辅推开悠一，过去敲一下浴室的门，打开了。他穿过更衣室，又把洗浴间小门推开一条缝来，氤氲的水汽中浮现着镝木夫人苍白的面孔。

"和年龄不太相称吧？"

夫人轻轻拍击着水面，说道。

"那次，你丈夫就是在这种时候，闯进我们寝室里来的。"俊辅说。

第十七章　随心所欲

镝木夫人是个遇事不惊的女人，她从浴缸的肥皂泡里蓦地站起来。

她对俊辅连眼睛都不眨一下，说道：

"想进来就进来吧。"

她赤裸着身子，丝毫不感到羞耻，视眼前这位老人，连路边一颗石子都不如，湿漉漉的乳房对这个世界闪着麻木的光亮。她那和年龄一样丰满盈润的肉体之美，使俊辅看得入了神。不久，形势逆转，自己感到受了一种难言的侮辱，再也没有勇气注视下去了。赤裸裸的女人心静气闲，看着她的老人反倒羞得涨红了脸。一刹那，老作家仿佛明白了悠一为何苦恼的根由。

"到头来我连报仇的力量也没有了，我已经没有力气报仇啦！"

　　一阵令人目眩的对峙之后，俊辅又默默把门关上了。悠一当然不会进去，俊辅熄了灯，独自待在更衣室里，闭着眼，面前出现了幻景。这幻景被拨动的水声点缀得愈益明丽了。站着很痛苦，回到悠一那里又有些难为情，他嘴里莫名其妙地发着牢骚，就地蹲了下来。夫人依然不见走出浴室的样子。

　　过一会儿，听到出浴缸的水声。门哗啦哗啦打开了，一只水淋淋的手臂拧开了更衣室的电灯。俊辅像卧在地上的狗一样霍然站起来。夫人看着他，泰然自若地问道：

　　"你还待在这里呀？"

　　镝木夫人穿上内衣，俊辅像个仆人伺候着她。

　　他俩回到房间，青年在老老实实地抽烟，看着窗户外面大街上的夜景。他回过头来。

　　"先生也洗完澡啦？"

　　"嗯，是的。"夫人抢着回答。

　　"好快呀。"

　　"你去洗吧。"夫人淡然地说，"我们到那边房间去。"

悠一一走进浴室，夫人就催促俊辅到信孝等着的那个房间去。俊辅在走廊上问：

"你何必那样慢待悠一君呢？"

"反正都是一丘之貉。"

这种孩子似的猜疑，使俊辅很是畅快，看来她并没有觉察到是俊辅救了悠一。

伯爵等着俊辅，他一个人翻着扑克牌算命。看到夫人来了，他无动于衷地说道：

"唔，你来啦？"

接着，三个人玩了一会儿扑克，毫无兴致，悠一洗完澡回来了，这位刚出浴的年轻人肌肤十分莹润，双颊像少年一般红扑扑的。他对着夫人恬然一笑，夫人被他纯真的微笑所引诱，不由得松动了嘴角。她催促着丈夫，站起身子。

"这回该你去洗澡了，我们还是睡到那边的房间去吧。桧先生和阿悠睡在这里。"

也许她的这个宣言太坚定了，信孝没有反对。两个房间的人互道了晚安，夫人走了两三步又回来，她似乎后悔先前太孟浪了，亲切地握了握悠一的手。因为她觉得今晚对这位青年的斥责和惩戒已经做得很充分了——这样一来，俊辅倒给耍了，就是说只有他一个人没有洗澡。

俊辅和悠一各自上床，熄灯。

"刚才多谢了。"

黑暗之中，悠一打趣地说道。

俊辅满意地翻了个身，俄然之间，他这把老骨头又唤回青年时代友谊的记忆以及高中学生住校生活的种种往事。当时，俊辅还写抒情诗呢！除了写些抒情诗之外，当时的他没有犯过什么过失。

黑暗里传来老朽的声音，这声音自然带着咏叹的调子。

"阿悠，我已经没有报仇的力量了，只有靠你向那个女人报仇啦！"

黑暗中，传来一个充满朝气的声音：

"可她很快就凉了下来。"

"没关系，她看着你的一副眼神同她的冷淡正相反，这反而是个机会。你只要像孩子一样对她撒娇，说个明白，她一定比从前更迷恋着你。你就这样对她说：'那个糟老头儿介绍我和你相识，一旦咱俩好上了，他就像打翻了醋罐子，暗地里使坏，真拿他没办法。浴室事件不过是他发发醋意罢了。'试试看，这样一说，保管就通啦。"

"我就照这么说。"

悠一的声音很柔顺，俊辅感到，昨天久别重逢时自高自大的悠一，又恢复到以前那个悠一了。他乘势又说：

"知道恭子最近的情况吗？"

"不知道。"

"懒鬼！你真叫我操心啊！恭子又有新的情人啦。不论见到谁，她都说什么阿悠不阿悠，早就忘了。听说她为了和那个男人在一起，眼下正要同丈夫分手哩。"

俊辅闭上嘴，等着对方的反应。效果是确实的，美青年的自尊心被深深刺伤了，正在流血。

然而，悠一其后低声说出的话，并非一个热血青年发自内心的声音。

"也好嘛，只要她幸福就行。"

同时，这位忠于自己的青年也绝不会忘记在鞋店遇见恭子时，他对自己立下的勇敢的誓言。

"好吧！我一定使这个女人陷入不幸！"

这位逆流而上的骑士后悔自己放松了为陷女人于不幸而献身的任务。他还有一种危惧，带有一半的盲目性，那就是因遭女人冷遇而早就厌恶女人的心理是否被对方识破。

俊辅听到悠一的语气十分严冷，他放心了。于是若无其事地说：

"不过依我看，她的那些表现，只是因为忘不掉你而感到焦灼不安罢了。我有几个充分可信的理由。你回到东京给恭子打个电话，我敢保证绝不会发生使你扫兴的事。"

悠一没有回答，但在俊辅看来，他回东京后一定会给恭子挂电话的。

二人默然不语。悠一想睡觉，俊辅不知如何表达满心的快意，又翻了个身。老骨头咔吧咔吧响，弹簧床也跟着咯吱咯吱摇动。暖气冷热适宜，这个世界再也不缺什么了。俊辅想到，自己有时心情险恶时打算"向悠一表明爱恋"的企图显得多么荒唐！他们两个之间再也不需要别的什么了，不是吗？

有人敲门。等到敲了两三下，俊辅大声问：

"谁呀？"

"镝木。"

"请进。"

俊辅和悠一扭亮枕畔的电灯。信孝穿着白衬衣和灰褐色裤子进来了。他多少故作快活地说道：

"打扰你们休息了，烟盒忘在这儿了。"

俊辅坐起来指示着房间里电灯的开关，信孝一手按亮了。没有什么装饰的饭店的客房，摆着两张床和床头柜、一张镜台、两三把椅子和桌子、台子、衣橱等，这些可谓抽象的结构被照得一片通明。信孝像魔术师一般脚步生风地斜斜穿过屋子，拿起桌上的玳瑁烟盒，打开盖子查看一下里头，又走到镜子前面，扒开下眼皮，看看有没有充血。

"对不起，告辞了，晚安。"

他说罢关上电灯，出去了。

"那个烟盒刚才是放在桌子上的吗？"

俊辅问。

"这个嘛，我倒没注意啊。"

悠一回答。

*

悠一从京都回来，每想起恭子，心里总是怏怏不快。这位年轻人按照俊辅的思路，满怀自信地打了电话。恭子不是这不合适就是那不合适，磨蹭了半天，悠一正要挂电话时她才慌忙约定了地点和时间。

临近考试了，悠一死啃经济学，较之去年的考试，不知怎的，总是钻不进去。这使他很惊奇。以前热衷于微积分时，头脑明晰，有一种陶醉的快乐，现在全失掉了。这个年轻人学会了一半亲身接触现实一半蔑视现实的本领，在俊辅的影响下，专门爱好在一切思想中寻找借口，在所有生活中搜求侵蚀生命的习惯的魔力。自打认识俊辅以来，悠一见到的成人世界的悲惨，使他感到很意外。男人们手里掌握着作为男人世界招牌的地位、名誉和金钱，三位一体，他们当然不愿丧失这些，但出乎意料的是，有时候又那么极端鄙视这些东西。俊辅就像一个异教徒脚踏基督一样，脚步轻盈、欢天喜地，甚至带着残忍，一边气喘吁吁，一边践踏自己的名声。悠一一开始对这番情景甚心疼。大人们为获得而苦恼，事实上，世界百分之九十的成功是以青春为代价获得的。青春和成功古典的调和只保留于奥林匹克竞赛的世界，那实在是保留于巧妙的禁欲原理，亦即生理的禁欲和社会的禁欲这种原理之上。

约会那天，悠一晚了五分钟来到恭子等待的那家商店。恭子已经急不可耐地站在店前的马路上了。她一把拽住悠一的腕子，说了声"你真坏"。对于她这种世俗气的媚态，悠一不能不感到万般扫兴。

那天是个好天气，春寒料峭。大街上热闹而明净，水晶一样的空气砭人肌肤。悠一穿一件深蓝色外套，里面一身学生制服，高耸的制服衣领和内衣衬领凸显在围巾之上。恭子和他肩并肩走着，她眼前的衣领附近，紧挨发际的洁白衬领的边缘，洋溢着早春的气息。

她穿着浓绿的外套，纤纤细腰，竖领的内侧衬着深红的围巾，波浪起伏。接触脖颈的部分，沾上了一些和肤色一样的白粉，冷艳艳的樱桃小嘴楚楚动人。

这个轻佻的女子，对于悠一的杳无音信没说一句埋怨的话，这使他很不满足，就像本该骂他一顿的母亲却闷不作声一样。长期不见，好像上次约会以来没有丝毫中断的感觉，这就证明从一开始，恭子的热情就是按一定的安全轨道进行的。悠一对这一点很是恼火。然而，恭子这种女人表面上的轻松愉快，更加突出了她的韬晦和克己，而被这种表面的轻松愉快所欺骗的，实际上总是她本人。

他们走到路口，那里停着一辆雷诺，驾驶座上正在抽烟的男子，懒洋洋地从里面打开车门。悠一踌躇了一下，恭子催促他上车，自己坐在悠一身旁。她三言两语作了介绍：

"这是我表弟阿启，这是并木君。"

名叫并木的男子三十岁光景，他从驾驶座上扭过头来打招呼。悠一忽然被指派扮演"表弟"的角色，此外有好几次还被随便改了名字，恭子这种随机应变并非第一次了。悠一凭直感，知道这个并木就是恭子传说中的那位，但是处于这种立场，他心情十分愉快，差一点儿忘记了嫉妒。

悠一也不问到哪里去，恭子将腕子错开，用拎着手袋的一只手悄悄攥住悠一皮手套里的手指，凑近他的耳朵说道：

"还生气哪？今天我要到横滨买西服料子，回来时一块儿吃完饭再回家。你不要再生气了。我没有坐副驾座，你应该明白并木君心里很不痛快。我打算和并木君分手，我和你一块儿走，就是向他示威啊！"

"也是对我的示威吧？"

"讨厌鬼，该操心的倒是我呀。怎么样，秘书这个差事很忙吧？"

这种你一言我一语的卖弄风情没有详细记述的必要。到横滨顺京滨国道要跑三十分钟，一路上，恭子和悠一窃窃私语，并木没有和后面的两个人说上一句话。就是说，悠一扮演了一个扬扬自得的情敌的角色。

恭子今天的轻薄又一次妨碍了她，使她看起来像个不懂恋爱的女人。她净说一些不相干的话，关键的事情一句不提。她的这副轻薄的表现，其收获之一就是未能使悠一感到她今天到底有多大的幸福。世人往往把一个纯真女子没有意识到的隐秘，错误地当作圈套。对于恭子来说，她的轻浮就像得了伤寒病，只有在说胡话时才能听到一些真实。市井中的风骚女子里，多数人是因为不知羞耻才成为情场上的老手，恭子说到底也不例外。在未见到悠一的一段时间里，恭子又退回到原来浮华轻佻的生活中去了。这种轻薄没有底，生活里毫无规律。朋友们对于日常的恭子总是抱着看笑话的态度，这已经成了习惯。但谁都不认为，恭子的轻浮和那种脚踩烙铁、辗转跳跃的轻浮相似。恭子什么也不想，她看小说也不一气读到底，看到三分之一，就跳过去读最后一页。她说起话来，总有些地方不忍卒听。她一坐下就翘起二郎腿，小腿肚不停地抖动着。她难得写一次信，墨水不是沾在手指上就是沾在衣服上。

恭子不懂得爱是一种什么滋味，所以她总是错把这种感觉当作无聊。见不到悠一那段日子，她惊讶地发现，自己怎么变得这般百无聊赖呢？就像墨水沾在衣服和手指上，无聊不择场合，始终粘缠着她。

过了鹤见，透过冷冻公司黄色仓库的间隙，望见大海。恭子像小孩子一般欢叫起来："看，大海！"邻海铁路古旧的蒸汽机车，拖着货车厢打仓库中间穿过，遮挡了她观望大海的视线。就在她正要欢呼之际，两个男人谁也没有理睬她，只是用这种"黑色的沉默"扬起一道黑烟，悠然通过。早春的海港桅杆林立，天空的煤烟一派迷蒙。

眼下，自己被坐在同一辆雷诺车上的两个男人所爱恋，这种确信对于恭子来说是不可动摇的。其实，这难道不是她的幻想吗？

悠一只是像石头似的看待女人的热情，他的这一立场本身不具任何能量，既然不能给热爱自己的女人以幸福，那就把给她们的不幸当作一种关怀或精神的慰藉吧。他总是热衷于这种逆反的道理，结果不管对谁都抱着莫名的复仇的热情，即便对眼前的恭子，也感受不到一丁点儿道德的苛责。道德是什么东西？比如看到人家有钱，就向他家的窗户上扔石头，这种穷人的恶作剧就是不道德吗？所谓道德，就是借此为理由而加以普遍化，然后消灭理由进行某种创造的作用，难道不是如此吗？例如，如今孝顺父母是有道德的，但为消灭这个理由而努力就更是符合道德的了。

三人来到横滨南京街一角，在一家贩卖女服布料的小店前面停了车。这里可以买到便宜的进口货，恭子前来想买一件做春装的料子。她把挑中的面料一块块搭在肩头，对着镜子瞧看，然后走到并木和悠一面前，问他们合适不合适。两个青年好歹应付几句，看到她搭着一块红色的面料走过来，就逗她说："想必能招来牛啊！"

恭子试了二十件料子，没有一件是她中意的，终于没有买成。他们又到附近的万华楼，登上二楼的北京餐馆，三人提早吃了晚饭。三人闲聊之中，恭子叫悠一将面前的盘子递过去。

"阿悠，对不起，把那个拿过来。"

恭子脱口而出，悠一反射般地瞥一瞥并木的表情。

这位穿戴考究的青年扭动一下嘴角，浅黑的脸上浮现着大人气的冷笑。他看看恭子，又看看悠一，于是巧妙地转移话题，谈起大学时代自己曾经参加和悠一这所学校的足球对抗赛。对于恭子编造的谎言，他一开始就心知肚明，而且，他简单地饶恕了他们两个。恭子的紧张表情因而显得更加可笑。不仅如此，当她说"阿悠，对不起"这句话时，已经因失言而下意识地紧张起来，这就说明她是故意装作失言，而后又听之任之，她这种认真的表演，几乎令人觉得好可怜。

"恭子一点儿也不可爱。"悠一想。于是，这青年一颗不爱女人的冷酷的心，正好受到了"她不可爱"这一事实的庇护，自己非但不会爱她，还要陷她于不幸这种心情也就顺理成章了。如今，在自己没有下手之前，这女人就已经尝到不幸，不能不使他感到几分遗憾。

他们到一家可以俯瞰大海全景的舞厅跳舞，然后各自坐上原来的座位，沿着京滨国道驶往东京。恭子又冒出那句令人发腻的台词：

"今天不要再生气啦，我和并木只是一般的朋友。"

悠一一言不发，恭子还以为他不相信自己，心里一阵悲凉。

第十八章　观者的不幸

　　悠一考试结束了，日历上已是春天。开春的暴风卷起尘埃，大街上包裹在一片灰黄的烟雾之中。这天，悠一奉前一日信孝之命，午后放学时顺便到镝木家走一趟。

　　到镝木家，要在悠一那所大学附近车站相邻的一站下车，所以对悠一来说是顺路。今天，鉴于丈夫的公司要开辟新事业，镝木夫人到一位"有交情"的外国要人的办公室领取批准书，回家后交给等着她的悠一，再让他送到丈夫的公司去。这份批件在夫人极尽柔情的"努力"之下，早就到手了，只是不知道取回来要花多少时间，所以悠一只得早些来镝木家候着。

　　到达时，夫人还在家里。约好下午三点钟，现在才刚一点钟。

镝木家是原伯爵府邸失火后保留下来的大管家的宅子。堂上华族在东京大多没有古老风格的府第，镝木家的先考明治时代在电力事业上发了一笔大财，买下一位官僚的宅子定居下来，这只是个例外。战后，信孝为了支付资产税，将这座宅子处理了。他把相邻的大管家的房子收回，要管家出去租房子住，在转让给人的堂屋之间，设置了花墙影壁，一条弯弯曲曲通往马路的小道一端，开了一扇门。

堂屋里开着旅馆，不时受到弦歌之声的骚扰。过去，信孝放学之后，被家庭教师牵着手，沉甸甸的书包也交给他拿着，身轻如燕地钻进大门。现在，这座大门通过的是旅馆迎送出远门的艺妓的花车，又在大门口精致的迎宾台上请她们下车。信孝原来在书房柱子上乱刻乱图的痕迹早已被削掉了。他三十年前在院里石头下面藏匿的宝岛地图，那是在经木纸上用彩色铅笔画的，肯定早已腐烂了。

管家的房子一共七间，西洋风格的大门，楼上是一个八铺席大的西式房间，这里是信孝的书斋兼会客室。透过窗户可以看到堂屋后头楼上的配菜间，不久前改成客房了，正对信孝书斋的窗户都糊了纸。

一天，他听到了拆毁配菜间改成客房的响声。每逢在二楼大厅举行宴会，这间黑黝黝的配菜间就非常热闹。泥金画的碗碟排列得整整齐齐，打扮得花枝招展的高级女侍们出出进进地忙碌着。拆毁配菜间的声响，意味着留在黑色板壁上的众多宴会的热闹影像消失了。这声音使人感到，沉淀在记忆中的一段往事，就像一颗根深蒂固的牙齿，被血淋淋地拔掉了。

信孝丝毫没有感伤的意思，他挪开椅子，脚跟翘在桌子上，心中暗暗为之加油："干吧，干吧！好好干吧！"那座宅第的一切给他的青年时代带来了痛苦。那座道德的府邸，在他热爱男色的秘密上始终压着一块难以承受的巨石。他多次诅咒父母快快死去，巴不得这座宅子失火烧掉！但是，对于信孝来说，与其遭受空袭被焚毁，不如将先考正襟危坐的客厅，变成醉意朦胧的艺妓演唱流行歌曲的场所，更合乎他的心意。

……搬到大管家的宅子里，两口子将住房全部改建为西洋风格。壁龛里放了书架，拆去隔扇，拉上厚厚的丝绸帷幕。堂屋的西式家具都搬过来了，榻榻米上铺着地毯，上面排列着洛可可风格的椅子。因此，镝木家乍看起来，就像江户时代的领事馆，又好似洋人藏娇的香巢。

悠一到达的时候，夫人穿着西装裤，柠檬色的毛衣上披着玄色的坎肩，坐在楼下客厅的火炉旁边。染红的手指尖儿正在摆弄扑克牌，"女王"为 D，"士兵"为 B。

女佣报告悠一来访，她的手指发麻，纸牌像粘上糨糊一般洗不开了。这时候，她不能站起来迎接悠一了。悠一进来时，她背向着他，青年转了一圈走到她的面前，她这才好容易鼓足勇气抬起头。于是，悠一极不情愿地同她那倦怠无力，像是遭到什么袭击的视线相遇。青年想问她一句"心情不好吗"，话到嘴边又打住了。

"约好三点钟的呀，还有时间，吃饭了吗？"

听到夫人问他，悠一回答："吃过了。"又是一阵沉默。风扑打走廊上的玻璃窗，发出令人心烦的响声。从房内可以窥见屋檐上堆积的尘土，就连照在廊子上的阳光，也好像飞扬的尘埃。

"这样的天气真不愿意出门，回来还得洗头啊。"

夫人冷不丁地将手指插进悠一的头发里，说：

"哎呀，这么多灰尘，搽的发油太多了吧！"

她的口气带着几分责备，弄得悠一左右为难。每当见到悠一，她就想立即从他身边逃开，已经体会不到见面的喜悦了。是什么把悠一和自己隔开？是什么妨碍悠一和自己结合在一起呢？她实在想不通。是贞淑？真让人笑话。是夫人这边太纯洁？笑话之间也要给人留笑的余地！那么，是悠一那边太纯洁？可他已经有了妻子呀……思来想去，镝木夫人甚至借助女人的一切心术和手段，还是未能捕捉一点点事态残酷的真相。她爱恋悠一，锲而不舍，这不一定因为悠一漂亮，不是别的，正是因为他不爱夫人。

镝木夫人一周之间丢弃的男人，在精神和肉体两方面，或者至少有一方面是爱她的。这些形形色色的男人也都共同具有两方面可供抓取的"把柄"。然而，面对悠一这位抽象型的恋人，她已经无法找到那种熟悉的"把柄"，而只能暗中摸索了。她宛如一个水中捞月、追逐回声的人，以为抓住了，其实早已漂走，以为很远，其实很近。

细想想，也不是完全没有被悠一爱着的瞬间，每当这个时候，她心里就充满幸福，不过，她明白，自己所寻求的绝不是幸福。

洛阳饭店那天晚上的事，后来经悠一解释，她知道那是俊辅出于嫉妒而搞的鬼把戏。但是，她宁愿认为那是由俊辅指使、悠一合伙而炮制的荒唐闹剧，这样反而更感到受用。害怕幸福的心只能喜爱凶兆。每当同悠一相见，她总巴望他的眼中浮现憎恶、轻蔑和鄙视的神情，然而，她每次看到的眼睛都是那样明亮无垢，这使她甚感绝望。

……风卷起尘土，吹进这座分布着岩石、苏铁和松树的奇特的小院子。玻璃窗又震动起来了。

夫人以热切的目光凝望着格格作响的玻璃窗户。

"天空一派昏黄。"悠一说。

"早春的风真厉害，什么都看不见啦。"

夫人提高嗓门说道。

女佣端来夫人专为悠一做的点心，悠一像孩子一般将这碗热乎乎的杨桃布丁一口气吃光了，看到他那副天真的吃相，她的心情十分快慰。犹如捧在掌心里喂食的小鸟，用那洁净而坚硬的小嘴儿，一下一下亲昵地啄着她的手心，那份儿痒抓抓的快意，哪怕悠一吃的是她的大腿肉，她也心甘情愿！

"真好吃。"

悠一说。他懂得这种不加掩饰的天真对她的媚态很起作用。他撒娇地拉起夫人的双手，只是为了感谢这份点心，想吻一下她。

夫人皱起眼角，一脸畏怯的神色，身子也不自然地颤抖起来。

"不，别这样，我会很痛苦的，不行。"

从前的夫人，要是像眼下这样玩儿戏般的颤抖，照她的脾气，会忍不住高声大笑。单单一个吻，就会有这么多感情的营养，或者说有这样可怕的毒素，而且是本能地加以回避，这番心情真是做梦都没有想到。

这个品行不端的女子拼命拒绝对方的一个坐吻，那一脸的认真引起了悠一的注意。她的这位冷静的恋人，好比隔着玻璃，眼瞅着水槽里将要淹死的女人那副滑稽而苦闷的表情。

然而，悠一对于眼前这种清楚表明了自己力量的确证，倒不感到厌恶。他反而嫉妒她竟然会有这种令人陶醉的恐怖。这位那喀索斯对镝木夫人很是不满，她未能像那位干练的丈夫一样，使他陶醉于自身的美丽之中。

"干吗这样对我？"悠一焦虑起来，"为何不让我任情陶醉？她难道要永远将我抛到孤独的世界里去吗？"

……夫人把椅子挪开些坐着，闭上了眼睛。套着柠檬色毛衣的胸脯波浪起伏。玻璃窗的响动一直持续着，波及她那细纹密布的颧骨一带，悠一看她似乎一下子老了三四岁。

镝木夫人装出做梦的样子，使得这仅仅一小时的幽会白白流逝过去了。总得出点儿事，大地震？大爆炸？或者来一场前所未闻的灾祸，将他们两个碾成齑粉！再不然，夫人在这种痛苦的幽会之中，因苦于自己动弹不得，干脆化作一块巨石好了。

悠一忽然侧耳倾听着什么，那副全神贯注的表情正如倾听远方声响的小野兽。

"是什么？"

夫人问，悠一没有回答。

"你听见了什么？"

"不，似乎听到一点儿声音。"

"什么呀，你一无聊，就要耍这种手段。"

"瞎说，呀，真的听到了。是消防车的警钟声。这种天气，很容易着火。"

"可不……好像来到门口马路上了。不知是哪里失火了啊！"

他俩望着空漠的天空，但只看到小院花墙对面，高耸着古老堂屋旅馆后院的二楼。

警笛声越响越近了，这种在风里紧急敲打着的声响，又被风席卷而去似的倏忽远逝，只剩下玻璃窗格格震动的声音。

夫人起身去换衣服。悠一百无聊赖地用火钳拨弄着只有一点儿火气的煤炉，那声音就像拨弄死人的骨头。煤块燃尽了，只留下一些坚硬的炭渣。

悠一打开玻璃窗，将脸伸进风里。

"这风真舒服呀！"他想。

"这样的风使人无暇思考。"

夫人出来了，她换下西裤，穿上裙子，站在光线黯淡的走廊上，只能看见鲜艳的口红。她看看让风吹拂着的悠一，没有说一句话。她把那里整理了一下，一手拿着薄大衣，对悠一简单地打了招呼，出门了。那样子就像和这位青年同居一年的女子，那种没有任何实质性的妻子做派，似乎硬是强加到悠一头上来了。他把夫人送到房门口，从外面大门到房门口有一条小路，中间还有一座栅栏小门，左右是一人多高的花墙。花墙上落满了尘土，那绿色显得毫无生气。

镝木夫人踩在院子的石板路上，那高跟鞋的脚步声在栅栏门旁停住了。悠一穿上拖鞋跟在后头，紧闭的栅栏门挡住他的去路。他以为夫人故意逗他，便用力推门，谁知夫人却不惜身上的那件柠檬色毛衣，直接将胸脯抵在栅栏门的竹格子上，全身支撑着。青年见她那副认真的表情里不怀好意，他放手了，问道：

"怎么啦？"

"好啦，就到这里吧。你再送我，我就不能出去了。"

她绕到一旁，站在花墙对面，眼睛一下全给花墙遮蔽了。她没有戴帽子，头发在风里飘扬，缠绕到花墙里修剪过的树叶上了。她举起那只戴着金色小蛇一般高级手表的细白的手臂，将头发从花墙里扯出来。

悠一隔着花墙站在夫人对面，他身材比夫人高，他把两只手臂轻轻搭在花墙上，埋下头看着夫人。因此，除了眉毛，他的脸孔也看不见了。风又扬起尘土越过小路。夫人的头发乱了，遮住她的面颊，悠一低着眉，避开了风。

"即使这样面对面短暂对视，好像也有什么东西在干扰我。"夫人想。风停了。两人四目对视，镝木夫人不知道想从悠一的眼神里获得什么样的感动。她对自己的爱一无所知，她爱的是黑暗，清澄的黑暗……悠一还是悠一，他在那一瞬间微小的感动里，表露了自己一切的不可知，别人不断从他身上发现的要比他本人意识到的多得多，这一事实反过来又丰富了他自身的意识。他像一般人一样感到不安起来。

……镝木夫人终于笑了。这是为了分开两个人的笑声，是付出一番努力的笑声。

悠一感到，两小时后就会归来的离别，简直就像诀别一样排演了一遍。他想起中学时代的军训检阅和毕业典礼前的严格预演，学生代表手捧没有毕业证书的空空的漆盒，恭恭敬敬从校长席上一步步退下去的情景。

送走夫人，他又回到煤炉旁边，漫不经心地翻阅美国流行杂志。

夫人走后不久，信孝打来电话，悠一告诉他夫人外出了。信孝打电话时身边看来没有其他人，所以说话十分放肆，他娇声娇气地问："上回在银座和你一块儿逛街的年轻人，他是谁呀？"这个问题，要是当面提出，又怕悠一不加理睬，所以大凡这类男女情事，信孝总是通过电话询问。

悠一回答说：

"一般的朋友，他说要去买西服料子，我就跟他一道去了。"

"一般朋友能勾着小手指走路吗？"

"……没什么要紧事吧，电话，我挂了？"

"等等，阿悠，向你赔礼了。听到你的声音，我就忍不住了。我马上乘车回来见你，好吗？你哪儿别去，就在家等着。"

"…………"

"喂，你怎么不回答呀？"

"嗳，我等着，经理。"

半个小时后，信孝回来了。

他坐在车里，回想起这几个月悠一的表现，没有一点儿可挑剔的地方。他对一切豪奢和浮华都无动于衷，也绝不故作姿态，显得俗不可耐。他既一无所求，也一无所赐，因而看不出他对谁有感谢的意思。即使出入于公卿上流社会，凭着这位美青年良好的教养和毫不矜夸的品德，也会令人对他作出超过实际的评价。而且，悠一精神上是残酷的，这更进一步促使信孝对他抱有不切合实际的幻想。

他善于韬晦的本领，使得每日见面的夫人都抓不到一点儿把柄，信孝从自己的成功里品味着玩弄他人的喜悦，以至于失之慎重了。

……镝木信孝披着外套，快步来到悠一所在的夫人的绣阁。看见主人没有脱外套，女佣不知所措，茫然地站在他的背后。"你在这里，等着看什么呢？"主人意味深长地问。"这外套……"女佣犯起了犹豫。信孝胡乱脱掉外套，扔给女佣，大声地下命令：

"到那边去吧！有事我会叫你的。"

他捅了捅青年的胳臂肘儿，领他到帷幕后头接了吻。每当接触悠一圆活活的下嘴唇，他就陶醉得发狂起来。悠一制服的金属扣子，碰在信孝的领带别针上，发出锉牙一样的声响。

"上楼吧。"

信孝说着，挽着悠一的手臂，盯着他的面孔，笑了。

"好喜欢呀！"

五分钟之后，他俩走进楼上信孝的书斋，锁上房门。

镝木夫人提前回家了，可以说一点儿也不奇怪。她为了早些回到悠一身边，打算乘出租车去，不想很快叫到了一辆。到了对方办公室，事情办得也很顺利。碰巧，那位"有交情"的外国人有车，提出要送她回家。那车子真快，来到自家门前，她请那位外国人到家里坐坐，外国人推说有事，下次再见，就开车走了。

夫人忽然计上心来（本来这也并不稀罕），她走进院子，从走廊进入起居室，想吓唬吓唬待在那里的悠一。

女佣出迎，告诉她伯爵和悠一正在楼上书斋里商谈要事。夫人很想看看一本正经热衷于公务的悠一到底是什么样子，想尽量看看他趁自己不在场的时候，还会对哪些事情感兴趣。

这个女人的爱，总想抹去自己的参与，在没有自己的场合，描绘相爱的幻影。她希望能够透过墙缝看到：在她出现的一瞬间崩塌的幸福的幻影，能于她不在时依然保持正确而永恒的形象。

　　夫人悄悄登上楼梯，站在丈夫的书斋前边。一看，那本该插入锁孔里的锁舌，滑到外头来了。因而，门扉闪开一两寸间隙来。她紧靠着门，窥探室内的情景。

　　就这样，夫人自然看到了她所能看到的一切。

　　信孝和悠一下楼的时候，镝木夫人已经不在了。桌上放着一封信，用烟灰缸压着，以免被风刮走。烟灰缸里香烟沾着口红，几乎没有吸上几口就揉灭了。女佣告诉他们，夫人回来一会儿就出门去了。

　　两人等她回来，她一直未归，于是就到街上游玩去了。悠一晚上十点左右才回家。

　　三天过去了，镝木夫人还没有回来。

快乐从一开始就需要有个前提，

即无期限和害怕倦怠。